Franz Dorotheus Gerlach

Die älteste Bevölkerung Italiens

Anatiposi

Franz Dorotheus Gerlach

Die älteste Bevölkerung Italiens

Unveränderter Nachdruck der Originalausgabe von 1853.

1. Auflage 2023 | ISBN: 978-3-38205-192-1

Anatiposi Verlag ist ein Imprint der Outlook Verlagsgesellschaft mbH.

Verlag: Outlook Verlag GmbH, Zeilweg 44, 60439 Frankfurt, Deutschland
Vertretungsberechtigt: E. Roepke, Zeilweg 44, 60439 Frankfurt, Deutschland
Druck: Books on Demand GmbH, In de Tarpen 42, 22848 Norderstedt, Deutschland

Die

älteste Bevölkerung Italiens.

Eine geschichtliche Untersuchung

von

Fr. Dor. Gerlach.

Basel,

Bahnmaier's Buchhandlung (C. Detloff)

1853.

Wenn Dionyfius von Halicarnaß im Eingang feiner römi-
fchen Gefchichte, allerlei irrigen Vorftellungen feiner Zeitgenoffen
gegenüber die Behauptung ausgefprochen hat, durch feine Dar-
ftellung werden die Römer als Hellenen fich erweifen, fo hat
bisher wohl noch Niemand diefe Aeußerung wörtlich und im
Ernft verftanden, oder überhaupt darin mehr als eines der
Schlagwörter erkannt, wodurch der Schriftfteller widerfprechende
Urtheile von römifcher Barbarei von vornherein zurückzuweifen
fich berufen glaubte¹). Und in der That muß einem fo allgemein
gehaltenem Ausfpruch alle wiffenfchaftliche Bedeutung abge-
fprochen werden, wenn nicht eine tiefeingehende Unterfuchung
denfelben begründet oder die Tragweite einer folchen Aeußerung
begrenzt. Es wird aber bekanntermaßen die Verwandtfchaft
von Völkern, welche eine Litteratur befitzen, am ficherften in
den Werken des Geiftes und der Sprache nachgewiefen, und
kaum wird irgend Jemand es bezweifeln, daß wenige Völker
in diefer Hinficht im engern Verbande ftehen als Römer und
Griechen. Diefe lebendige Durchdringung in Wiffenfchaft und
Kunft, in Religion und Sitte, in Staat und Leben, welche
namentlich dem modernen Bewußtfein gegenüber als ein un-
getrenntes Ganze erfcheint, und von den Römern felber fo
tief empfunden wurde, daß der Ausdruck sermones doctus
utriusque linguae die Bildung nach ihrem ganzen Umfange

¹) Dion. I, 5. Δι' ἧς (scil. γραφῆς) Ἕλληνάς τε αὐτοὺς ὄντας ἐπι-
δείξειν ὑπισχνοῦμαι. cfr. c. 89. ὥστε θαῤῥῶν ἤδη τις ἀποφαινέσθω,
Ἑλλάδα πόλιν αὐτὴν ἀποδεικνύμενος κοινοτάτην τε πόλεων καὶ φιλαν-
θρωποτάτην κ. τ. λ.

bezeichnete, ist als eine der höchsten Aufgaben der Wissenschaft
von würdigen Männern vielfach erläutert worden. Aber
während das Wesen dieses Verhältnisses nach beiden Polen
hin beleuchtet worden ist, scheint die geschichtliche Grundlage
noch nicht hinlänglich festgestellt. Daher darüber einige An-
deutungen zu geben, nicht überflüssig erscheinen mag. Wir
wollen uns dabei auf die örtlichen Verhältnisse und die mythische
Zeit beschränken, weil doch in diesen die Grundlage aller
spätern Entwicklung zu suchen ist, und in den ersten Lebens-
äußerungen der Völker ihr künftiges Schicksal, wie im Keime
das ganze Leben, vorgebildet scheint.

Daß Gebirgsländer eben sowohl als Quelle, wie als
Schutz und Schirm freier Mannigfaltigkeit des volksthümlichen
Lebens bezeichnet werden können, ist bei Verständigen anerkannt.
Die Urkräftigkeit der Natur, welche überall in Lebensfülle uns
entgegentritt oder mit ihren Schrecknissen bedroht, erweckt die
Kraft, steigert die Zuversicht und durchdringt belebend Seele
und Leib. Während die Erhabenheit des Anblicks die Brust
durch die Ahnung der Gottheit schwellt, die Lieblichkeit dem
Menschen Ruhe und Frieden in die Seele gießt, und durch
den schroffsten Wechsel das Gemüth mit wunderbarer Gewalt
ergreift, wird jene Seelentiefe und geistige Schöpferkraft ge-
pflegt, die der Entnervung und dem Tode wehrt. Wenn nun
Völker dieser Art und Sitte unter mildem Himmelsstriche
wohnen, wo Alles freier und vollkommner sich entwickelt und
entfaltet, wenn ihre Wohnsitze Ausläufe großer Ländermassen
sind, wenn sie, schmale Halbinseln, tief in ein Binnenmeer sich
hinein erstrecken, wenn die Gebirge fruchtbare Thäler und
Ebenen einschließen, wenn unzählige Eilande sie umkränzen
und Häfen, Buchten, Rheden leichten Zugang von allen Seiten her gewähren, so daß jede Lebensrichtung, Viehzucht,
Ackerbau, Handel, Schifffahrt gleichsam von der Natur geboten
scheint, so wird man leicht darinnen einen Wink des Schicksals finden, daß diese Länder zum Schauplatz mannigfaltiger

Entwicklung erkohren sind. Tritt nun zu diesen Begünstigun=
gen örtliche Nähe solcher Länder selbst hinzu, und bei aller
Verschiedenheit im Einzelnen eine gewisse Gleichartigkeit der
Construktion, so daß ein gleiches Gesetz der Bildung zum
Grunde zu liegen scheint, so wird ein Unbefangener sich
schwerlich der Vermuthung erwehren können, daß nur ein
inniges Wechselverhältniß der Bevölkerung dieselben ihrer Be=
stimmung entgegenführen kann. Nicht als wenn wir durch
die Wohnsitze die ganze Zukunft eines Volkes im Voraus
entschieden glaubten, aber das wollen wir behaupten, daß
nur unter der Voraussetzung gewisser äußerer Bedingnisse der
Mensch vollkommen sich entwickelt und entfaltet; daß die Lage,
äußere Umgebung und Himmelsstrich, die nothwendigen Schran=
ken bilden, innerhalb welcher die selbstthätige Geistesrichtung
der Völker sich bewegt, und daß wie die Form das Wesen
des Geistes erst zur Erscheinung bringt, so auch die örtlichen
Beziehungen und Verhältnisse erst jedem Volke sein eigen=
thümliches Gepräge geben: bekannte Sätze, die aber dennoch
nur zu oft unbeachtet bleiben, so daß, weil immer neue Seiten
den Gegenständen abzugewinnen die Neigung ist, wir Gefahr
laufen, das früher Errungene zu verlieren, und während der
Geist in neuen Entdeckungen schwelgt, der Sinn, das Ein=
fache und Wohlbegründete festzuhalten, verloren geht. — Also
das dürfen wir als ein durch das Wesen und die Beschaffen=
heit örtlicher Verhältnisse Gegebenes betrachten, daß zwischen
den beiden Halbinseln von Italien und Griechenland eine
wechselseitige Verbindung bestehen sollte. [2]

---

[2] Ueber die Construction von Hellas vergleiche Strabo VIII, 1. 139.
Ed. Tauch. Wachsmuth Hellenische Alterthumskunde aus dem Gesichts=
punkte des Staates. S. 1 — 20. Ueber Italien Plin. III, c. 6. Italia
dehinc . . . numine deum electa, quae coelum ibi clarius faceret,
sparsa congregaret imperia ritusque molliret et tot populorum dis=
cordes ferasque linguas sermonis commercio contraheret, colloquia
et humanitatem homini daret breviterque una cunctarum gentium

Wenn sie aber beide durch Gebirge wie mit einem Wall umgürtet, gleichmäßig gegen gewaltsame Störungen von Außen gesichert schienen, so wurden durch innere Ursachen nicht weniger als durch äußere Verhältnisse die Bewohner in ihrer Entwicklung hier mehr gefördert, dort mehr gehemmt, so daß die Stufe der Ausbildung in derselben Zeit bei beiden eine ganz verschiedene war. Hellas war durch die Gunst des Schicksals weit vorausgeeilt, während Hesperien noch der Schleier der Verborgenheit bedeckte. Unsere Erkenntniß der menschlichen Zustände folgt, trotz allerlei erhobenen Widerspruchs, der Sonnenbahn. Von Osten strömt Licht und Leben aus, durch seine Strahlen taucht der ferne Westen aus Nacht und Dunkel auf. Also während in Hellas edle Heroengestalten im kühnen Abentheuer sich versuchen, deckt noch öde Grabesstille das Land Hesperien; während in Hellas die Huld der Olympischen Götter das Leben der Sterblichen mit heiterm Genuß und mannigfachen Reizen schmückt, scheint Hesperien von den finstern Mächten der Unterwelt beherrscht. Nacht und Grauen ruht auf seinen Fluren, die den Verdammten als Zufluchtsstätte oder als Ort

in toto orbe patria foret. . . . . Jam vero tota ea vitalis ac perennis salubritatis caeli temperies, tam fertiles campi, tam aprici colles, tam innoxii saltus, tam opaca nemora, tam munifica silvarum genera, tot montium afflatus, tanta frugum et vitium olearumque fertilitas, tam nobilia pecori vellera, tot opima tauris colla tot lacus, tot amnium fontiumque ubertas, totam eam perfundens; tot maria, portus, gremiumque terrarum commmercio patens undique et tanquam ad juvandos mortales ipsa avide in maria procurrens . . . . Ipsi de ea judicavere Graeci, genus in gloriam suam effusissimum, quotam partem ex eo appellando Graeciam magnam?

3) Wenn der Mythos von Kronos selbst nach den neuesten Untersuchungen einer der räthselhaftesten bleibt, so ist er dennoch in seinen Hauptzügen, die fest stehen, ein treues Bild des ursprünglichen Verhältnisses von Italien zu Griechenland. Der jüngste der alten Titanenwelt, mit welchem die rohen Naturgewalten in ein neues Stadium der Entwicklung treten, gehört er einer untergegangenen Welt an, welche gegenüber der menschlichen Gesittung von Hellas nicht bestehen kann. Daher er von Zeus tief unter die Erde

der Buße angewiesen sind. Nach dem fernen Westen flieht
Kronos, von seinem Herrscherthron gestürzt, und sucht in
Latium Schutz vor den Waffen seines Sohnes. Und wenn
das Land in dankbarer Erinnerung der Segnungen, die er
gebracht, später von ihm den Namen trug, wenn er als Herr-
scher göttliche Verehrung fand, so blieb er dennoch von der
Olympischen Götterwelt verbannt. Hat ihm Pindaros eine
Königsburg auf den Inseln der Seligen erbaut, wo er das
Amt des Todenrichters übt, so will diese Oberherrlichkeit im
Lichte Homerischer Weltanschauung gewürdigt sein, abgesehen
davon, daß diese Nachricht im entschiedenen Widerspruch zu
der ältern Ueberlieferung steht, nach welcher Kronos an den
Grenzen der Erde und des Meeres, niemals beleuchtet von
den Strahlen der Sonne, oder im Tartarus mit den Titanen
sein Leben vertrauert, von den Hecatoncheiren bewacht. Dort in
den tiefsten Gründen der Erde, wo ewige Nacht herrscht, ist
seine düstere Behausung von hohen Mauern umschlossen mit
ehernen Pforten von Poseidons Hand [3]). Es liegt dieselbe
Anschauungsweise zum Grunde, wenn die Riesenleiber des

und das unwirthliche Meer versenkt wird. Il. XVI, 204, „wo ihn die
untern Götter umgeben." ibid 274, vgl. **Hesiod. Theog.** 851. Τιτῆνες
δ'ὑποταρτάριοι Κρόνον ἀμφὶς ἐόντες, daher ward auch geradezu der Tartarus genannt. Il. Θ 478. οὐδ' εἶκε τὰ νείατα πείραθ' ἵκηαι γαίης καὶ
πόντοιο ἵν' Ἰαπετός τε Κρόνος τε ἥμενοι οὔτ' αὐγῇς Ὑπερίονος ἠελίοιο
τέρπωντ' οὔτ' ἀνέμοισι, βαθὺς δέ τε Τάρταρος ἀμφίς. cfr. **Hesiod**.
Theog. 715—735. Diese Vorstellung erscheint gemildert bei **Hesiod. Opp.**
et D. 169, wo Kronos als Herrscher der abgeschiedenen Seelen der Heroen
an den Gränzen der Erde dargestellt wird, wiederum nach der Grund-
anschauung, daß derselbe einer frühern Welt angehört. Woraus denn Pindaros nach seiner frommen Betrachtungsweise die Würde eines Todten-
richters geschaffen, die er mit Rhadamanthys theilt. Ol. II, 70., wo Böckh
zu vergleichen ist. Aber der in der Olympischen Götterwelt gestürzte Thron
wird in Hesperien wieder aufgebaut, wo Kronos mit dem Janus in enge
Verbindung tritt, und als Einwanderer aus der Fremde die Quelle vieler
Segnungen wird. Denn in deß Tiefen der Erde wohnt die verborgene
Kraft, welche Wachsthum und Fruchtbarkeit schafft. So lebt er seinem

Typhon und Enkelados⁴) die Insel Trinakria und der Felsen
von Aethalia mit dem ewigen Feuerstrome deckt. Zu den
Phlegräischen Feldern tobt die wilde Titanenschlacht gegen die
mildere Weisheit der jüngern Götter⁵). Am Avernus führt
die dunkle Pforte in das finstere Schattenreich hinab⁶). In
Hesperien haust das Ungethüm Polyphemos mit den trotzigen
unbändigen Genossen; in ihrer Nähe der Lästrygonen Riesen-
geschlecht; die Kimmerier, welche nie das Licht der Sonne ge-

Wesen nach in Italien fort, und bewahrt die Erinnerung an eine Zeit, welche
in Hellas vor den neuern Schöpfungen in Vergessenheit versunken war,
gleich den Pelasgern, welche aus dem eigentlichen Hellas verdrängt, eine
neue Stufe der Entwicklung in Italien beginnen, und die ursprüngliche
heimathliche Sitte und Sprache unter fremdem Himmelsstrich treu bewahren
und erhalten. — Die Vorstellung von dem gerechten und milden Kronos,
auch hellenischer Ansicht nicht fremd, indem der Traum vom goldenen Zeitalter mit seiner Herrschaft sich verknüpfte, (Hesiod. Opp. et D. III, womit
Diodorus Siculus V, 66. zu vergleichen ist, welcher diese Ueberlieferung von
den Kretern herleitet oder entlehnt hat), ist der Dankbarkeit eines durch
fremde Einwanderer unterrichteten Volkes eben so angemessen, als daß der
gestürzte Gott im Verhältniß zu der olympischen Götterwelt ἀγκυλομήτης
genannt wird. Il. B. 205. 319. Δ. 59. I. 32. II. 431. Σ. 293. Od. Φ. 415.
Hesiod. Theog. 19., womit die dem anthropomorphisirten Saturnus zuge-
schriebene ἀσέβεια und πλεονεξία Diod. III, 60. übereinstimmt. Seine
Herrschaft im Westen also, welche Diodorus III, 60. auf Sicilien, Libyen
und Italien ausdehnt, beruht mythisch auf den Vorstellungen vom Schattenreich, welches im Westen anzunehmen schon der Lauf der Sonnenbahn an
die Hand gab, historisch auf dem nach dem fernen Westen hin verbreiteten
alt-pelasgischen Gottesdienst, welcher Auswanderung griechischer Stämme
vorausseßt; wie denn auch sowohl die Benennung des Saturnischen Hügels
in Rom, als die Verehrung des Saturnus selbst auf die hellenischen Einwanderer aus Elis, welche mit Heracles gekommen sein sollten, bezogen
wird, wenigstens hatte nach Dionys. I, 34. der Dichter Enxenos und andere
italische Mythenschreiber dieß angenommen. Die allgemeine Verbreitung
des Namens Saturnia mag man daraus ersehen, daß ganz Italien in den
Sibyllinischen Büchern unter diesem Namen begriffen wurde: Καὶ ἄλλη
δὲ ἀκτὴ σύμπασα, ἡ νῦν Ἰταλία καλουμένη, τῷ θεῷ τούτῳ ἀνέκειτο, Σα-
τορνία πρὸς τῶν ἐνοικούντων ὀνομαζομένη, ὡς ἔστιν εὑρεῖν ἐν τε Σι-
βυλλίοις τισὶ λόγοις. Dion. I, 34. Bei Virgil Saturnia tellus.
Aen. VIII, 329. Georg. II, 173. Saturnia arva. Aen. I, 569. Vgl.

schaut, und das räthselhafte Volk der Phaiaken. Dort thront
Aeolos im Sturmesbrausen auf der Felsenburg, und die Meer-
unholde Scylla und Charybdis, in Schluchten tief verborgen,
drohen tückisches Verderben; mit Schmeicheltönen locken Sirenen
in den Tod, und mit geheimen Zauberkünsten wandelt Circe
die Menschen in Thiergestalten um. Darum müssen die Fluch-
beladenen nach dem fernen Westen ziehen, wo sie Sühne finden
oder Strafe leiden. Im Zorne über seines Sohnes Mißgeschick

die Geschichte der Römer von Fr. Dor. Gerlach und J. J. Bachofen,
Bd. I, Abth. 1. Basel 1851. S. 73 ff.

4) *Enceladus* Virg. Aen. III, 578 — 82. *Typhoeus* Aen. IX, 715.
„Tum sonitu Prochyta alta tremit durumque cubile Inarime im-
posta Typhoeo. Serv. ad h. l. Inarime dicitur nunc Enaria et saepe
fulgoribus petitur, ob hoc, quod Typhoeum premat." cfr. II, 783.
εἰν Ἀρίμοις, ὅθι φασὶ Τυφωέος ἔμμεναι εὐνάς, aus welcher Stelle das
Virgilianische Inarime gebildet wurde, und wenn schon die Meisten Cilicien
oder Phrygien bezeichnet glaubten, Strabo XII, 579. XIII, 627. XVI, 684.
Plin. H, N. V. 33., so haben dennoch die römischen Dichter, durch die Ueberlieferung geleitet, nicht nur eine Insel daraus gebildet, sondern dieselbe
auch geradezu Aenaria oder Aethalia genannt. cfr. Serv. ad Aen. X, 173.
„Ilva — inexhaustis Chalybum generosa metallis" quidam Ilvam
Aethaliam dictam volunt.

5) Campi Phlegraei, τὰ Φλέγραια πεδία bekanntlich die Campanische
Ebene von Kumae bis Capua, von welcher Strabo sagt p. 243. Ed. Alm.
καὶ τὸ Φλέγραιον καλούμενον πεδίον ἐν ᾧ τὰ περὶ τοὺς Γίγαντας μυ-
θεύουσιν. cfr. Diod. IV, 21. V, 71. Während Strabo die Ursache des
Mythus in der Fruchtbarkeit des Bodens findet, welche dieses Land zu
einem Gegenstand des Streites machte, Diodor nach Euhemeristischer Deu-
tung dessen Begründung in den rohen, ungeschlachten Sitten der Bewohner
findet, war es ohne Zweifel der Kampf der Elemente, welcher fortdauert
bis auf den heutigen Tag, und diesen Mythus auf Italien übertrug,
der ursprünglich oder gleichzeitig in Pallene, welches ebenfalls Phlegraä
hieß, seinen Sitz hatte. Strabo p. 330., wobei zu bemerken, daß dieser
den Kampf des Heracles mit den Giganten, welchen Diodor nach Italien
versetzt, nach der macedonischen Halbinsel versetzt. Φλέγρα δὲ πρὶν ἐκα-
λεῖτο· ᾤκουν δὲ αὐτὴν οἱ μυθευόμενοι γίγαντες, ἔθνος ἀσεβὲς καὶ ἄνο-
μον, οἷς Ἡρακλῆς διέφθειρεν.

6) Strabo p. 244. Καὶ τοῦτο χωρίον Πλουτώνιόν τι ὑπελαμβά-

hatte Aristäus, der Liebling der Götter und ihr Vertrauter, die Heimath in Böotien verlassen und sich nach den Eilanden des Westens hingewandt⁷). Dort hatte Phaeton seine Ver-

τουσαν. Virgil Aen. VI, 106; quando hic inferni janua regis dicitur, et tenebrosa palus Acheronte refuso.

7) Nicht minder als die Fabel vom Saturnus sind die Sagen über Aristaios geeignet, die Einwirkung der Hellenen auf den Westen zu beglaubigen. Dieser uralte Hirtengott, (pastor Aristaeus, Virg. Georg. IV, 317; Cultor nemorum IV, 539. Arcadius magister I, 14.) dessen Abstammung und Verhältniß zum libyschen Kyrene Pindaros in lieblichem Gesange verherrlicht hat. Pyth. IX, 17—70; dessen Einfluß auf die Fruchtbarkeit von Keos Apollonius (in den Argonauticis geschildert, II, 50.) — 527; dessen Verbindung mit Dionysos und Züge in Indien Nonnus weitläuftig erzählt hat, von welchen Virgil die schöne Episode dem vierten Buche der Georgica eingefügt hat, gehört ebenfalls zu den hellenischen Gottheiten, welche als Schöpfer eines mildern Lebens und menschlicher Sitte und Zucht die ursprüngliche Heimath verlassen und nach dem Westen auswandern. Seine Ankunft in Sardinien und Verbindung mit Daedalus hatte nach Serv. ad Georg. I, 14. selbst Salustius angeführt, ebenso Pausanias X, 17. Dort hatte er nach Diodorus Siculus IV, 81. 82. vorzüglich durch Baumpflanzungen sich verdient gemacht und nach Aristoteles de mirab. auscult. c. l. V, verderbliche Vögel ausgerottet, während Sicilien ihm die Pflege des Oelbaums verdankte. In Corcyra war seine Verehrung mit dem Dienste des Zeus verknüpft. Aber auch die Bienenzucht hatte er erfunden, den Menschen die Käsebereitung gezeigt, und die wilden Thiere durch List und Gewalt zu bezwingen gelehrt. Die Heilkunst hat er geübt und als Vertrauter der Götter den Zorn derselben, wie die Wuth der Elemente zu sühnen gewußt, wie denn namentlich Keos ihm die Befreiung von großer Dürre verdankt. Schol. ad Apollon. Rhod. v. 500. „wiewohl er als dreifaches Symbol der physischen Fruchtbarkeit, der geistigen Kraft des Denkens und Sinnens, sowie der sittlichen Güte und Thätigkeit, wodurch die Menschen entwildern und in einen gesitteten, würdigern und bequemern Zustand hinübertreten, mehreren hellenischen Stämmen und Ländern angehört, vorzüglich denjenigen, wo Viehzucht ist, Ackerbau, Bienenzucht und Oelpflanzungen alt und einheimisch sind, Thessalien, Arkadien, Böotien und Euböa." Brönstedt Reisen und Untersuchungen in Griechenland. S. 42. 43. Sinnvoll bemerkt derselbe Forscher, wie Alles, was diese Gottheit umglebt, auf denselben Grundgedanken von seinem wohlthätigen Einfluß hinweist. Darum wird er mit der Autonoe, der Sinnigen, Selbstdenkenden, aus dem erlauchten Stamme des Kadmus und der Harmonia vermählt. Hesiod. Theog. 975. Aristäos des Westen,

wegenheit gebüßt und der Strom Eridanos gab Zeugniß von seinem Untergang [8]). Danae ist an dem Strand von Latium gelandet, nachdem Akrisios sie dem Untergang geweiht [9]).

Wohlthätigen jüngerer Bruder ist Antiochos, der Wohlhabende; sein Sohn ist Aetaeon der Freigebige, Spendende, den auf Sardinien Charmos, der Fröhliche, Freudenreiche, und Kallikarpos, die schöne Frucht empfängt. A. a. O. S. 46. Wenn Jostinus XIII, 7. noch zwei andere Brüder desselben nennt, Homius und Agrius, so sind dieß eben die Beinamen, unter welchen Aristaos verehrt wurde, um seine verschiedenen Functionen zu bezeichnen. Wie denn überhaupt dieser ganze Mythus ein sprechender Beweis ist, wie ein Heros, der Vertraute der Götter, der ihre Hülfe und Beistand den Sterblichen zu sichern weiß, in der Tradition selber unter die Himmlischen eingereiht, göttlicher Verehrung theilhaftig wird. So ist er denn recht eigentlich ein Erzeugniß hellenischer Weltanschauung, welche die Einwirkung göttlicher Gnade und Huld nur durch die Vermittelung jener Lieblinge der Götter zu erhalten glaubten, welche göttliche und menschliche Natur in sich vereinigend, die Möglichkeit einer Verbindung durch ihr eignes Wesen beurkunden. Daher die Entstehung der Benennung Ζεὺς Ἀρισταῖος, Ἀπόλλων Ἀρισταῖος und Α. Ἀγρεύς; wie er ferner als Homios dem Pan, durch die Ausübung der Heilkunst dem Asklepios sich nähert. Worüber Brönstedt S. 43. treffend sagt: „Denn nur diejenigen, welche dem tieferen Sinne hellenischer Dichtung fremd, überall blos dem, was sie historisch nennen, nüchtern nachgehen, mögen bei jeder kleinen Verschiedenheit in diesem Mythus, wie in den meisten symbolischen Sagen eines phantasiereichen Volkes ängstlich nach Erklärung grübeln." Ganz in demselben Sinne hatte Strabo geurtheilt: ἀλλ᾽ οὔτ᾽ εἰ μὴ συμφωνοῦσιν οἱ τὴν ἱστορίαν τῶν τόπων παραδιδόντες, εὐθὺς ἐκβάλλειν δεῖ τὴν σύμπασαν ἱστορίαν. ἀλλ᾽ ἔσθ᾽ ὅτε καὶ πιστοῦσθαι τὸ καθόλου μᾶλλον ἐστιν. Wann wird wohl diese gesunde und ächt wissenschaftliche Betrachtungsweise dem allein klug sich dünkenden Nihilismus unserer Tage gegenüber wieder zur Geltung kommen? A. a. O. S. 41.

[8]) Phaeton. Strabo p. 215. οἷον τὰ περὶ τὸν Φαέθοντα καὶ τὰς Ἡλιάδας — περὶ τὸν Ἠριδανόν, τὸν μηδαμοῦ γῆς ὄντα, πλησίον δὲ τοῦ Πάδου λεγόμενον. Plin. N. H. III, c. 26.

[9]) Serv. ad Aen. VII, 372. Danaë Acrisii regis Argivorum filia postquam est a Jove vitiata, pater eam intra arcam inclusam praecipitavit in mare: qoae delata ad Italiam inventa est a piscatore com Perseo, quem illic enixa fuerat et oblata regi, qui eam sibi fecit uxorem; cum qua etiam Ardeam condidit, a quibus vult Turnum originem ducere. Aen. 409. Audacis Rutuli ad muros: quam dicitur urbem Acrisioneis Danaë fundasse colonis.

Theseus mit den Kindern der zur Sühne gesendeten Athener ist nach Japygien ausgewandert [10]). Orestes auf seiner Rückkehr von Taurien, hatte Trinakria und Rhegium berührt [11]). Nach Aricia hatte er das Bild der taurischen Göttin hingebracht, seine Asche gehörte zu den sieben Unterpfändern der Ewigkeit der Stadt. Sein Bruder Halesus, wegen der Theilnahme an Agememnons Tod verbannt, hat Falerii gegründet und führte seine Völker für Turnus in die Schlacht [12]). Nach Trinakria war Dädalus entflohen. Eben dort fand Minos auf seinem Rachezug den Tod [13]). Im Haine von Aricia war Hyppolytus, dem Vaterfluch geopfert, zu neuem Leben auferwacht [14]). Fast alle Helden, welche nach Trojas Zerstörung der Zorn der Götter aus der Heimath trieb, wurden nach dem fernen Westen hin verschlagen, und Odysseus war nun einer von den Vielen, welchen dieses Schicksal traf. Meriones hatte nach langem Umherirren Ruhe in Sicilien gefunden [15]). Idomeneus hatte nach seiner Flucht von Kreta am salentinischen Vorgebirge Schutz gesucht [16]).

---

[10]) Plutarch. V, Thes. c. 16. Strabo VI, p. 282. Ed. Alm. Βρεντέσιον δὲ ἐποικῆσαι — λέγονται Κρῆτες, οἱ μετὰ Θησέως ἐπελθόντες ἐκ Κνωσσοῦ etc.

[11]) Schol. Lycophr. 187. 1374. Serv. ad Aen. II, 116. VII, 188. Qui (Orestes) occiso Thoante simulacrum sustulit absconditum fasce lignorum, unde et Fascelis dicitur — et Ariciam detulit. Sed cum postea Romanis sacrorum crudelitas displiceret ad Laconas est Diana translata. — Orestis vero ossa Aricia Romam translata sunt et condita ante templum Saturni, quod est ante clivum Capitolinum, juxta Concordiae templum. Serv. provem ad Virg. Bucolica. Hygin. Fabb. 261.

[12]) Serv. Virgil. Aen. VII, 723. Ovid. Amor. III, 13.

[13]) Diod. Sic. IV, 73. 79. Aristoteles Politic. II, 7. 2. Ed. Stahr.

[14]) Ovid. Metam. XV, 497 — 546. Virg. Aen. VII, 765 — 782. Servius ad Aen. VII, 761.

[15]) Diod. IV, 79.

[16]) Virg. Aen. III, 125. Servius ad h. l. et ad XI, 264.

[17]) Virg. Aen. III, 402. Servius ad h. l., welcher sich auf Cato stützt.

[18]) Virg. Aen. XI, 246. Servius nennt Venusia, Canusium, Beneventum, Venafrum von Diomedes erbaute Städte. Appian. B. Civ. II, 20.

Dem Tempel des Apollo in Petilia hatte Philoctetes die Pfeile des Heracles anvertraut [17]). Ein neues Argos ward von Diomedes zu Apulien gegründet; ein Denkmal ehrte seine Thaten, er genoß göttliche Verehrung bis Ancona, Spina, Hatria hinauf; selbst der Ursprung von Lanuvium wird auf ihn zurückgeführt; ja wunderbare Vögel, die nur den Hellenen freundlich waren, bewahrten für alle Zeiten seines Namens Ruhm [8]). Die Verehrung der Peliden in Metapontum galt als Beweis, daß die Pylier von Nestors Heer dahin gekommen, wiewohl auch Pisa als ihre Gründung galt [19]). In der Feste Lagaria im Tempel der Athene hatte Epeios, der Erfinder des verhängnißvollen Rosses, sein Werkzeug aufbewahrt [20]). Die Athener unter Muestheus hatten Stylletion gegründet [21]). In der Nähe von Siris wurde Kalchas Grab gezeigt [22]). Des Iphitos Gefährten fanden in Temesa das Ziel der langen Fahrt [23]). Auch Tlepolemus war mit den rhodischen Ge=

την πατρίδα Λανούβιον, ἣν Διομήδη φησίν ἀλώμενον ἐξ Ἰλίου πρῶτην ἐν τῇ Ἰταλίᾳ πόλιν οἰκίσαι. Antonius Liberalis c. 31. 37. Vergleiche über die Verehrung des Diomedes Klausen Aenas und die Penaten Th. II, S. 1177 folg.

[19]) Strabo VI, 1. p. 21. Tauch. Virg. Aen. X, 179. Serv., der nach einer andern Sage ebenfalls den Epeios als Gründer nennt, während Cato die frühern Erbauer vor Besitznahme der Etrusker nicht kannte. „Cato Orig. I, qui Pisas tenuerint ante adventum Etruscorum negat sibi compertum." Aber auch Strabo V, p. 222. nennt Nestor als Gründer. Uebrigens wurden auch in Metapontum im Tempel der Minerva die Werkzeuge des Epeios aufgezeigt. Justin XX, 2. und über sonstige Einwirkung als Griechen XX, 1.

[20]) Strabo VI, 20. Tauch. Lycophr. 936: Steph. Byz. s. v. Aristot. Mir. Ausc. 116.

[21]) Serv. Virg. Aen. III, 553. nach einer andern Sage ward Ulysses als Gründer genannt.

[22]) Strabo VI, p. 284. Nach Tzetzes ad Lyc. v. 978. war es ein anderer Kalchas, wohl der Sohn des Thestor. cfr. ad vers. 1047., nach Herodot hingegen führten die Pamphylier ihren Ursprung auf Kalchas und Amphilochos und deren Gefährten zurück; nach Kallinos hatte ersterer in Claros seinen Tod gefunden. Strabo ibid.

[23]) Ttzetzes ad Lyc. 1067.

fährten nach Italien gekommen [24]), und Krotons erste Grün=
dung ward heimkehrenden Achaiern und troischen Gefangenen
verdankt [25]).

Darum hatte Eurystheus den Heracles nach dem Westland
auf Abentheuer ausgesendet, daß er die Rinder des Geryon
auf Eurytheia rauben sollte. Den riesenhaften Hirten Eurytion
mit dem zweiköpfigen Hund Orthros mußte er erschlagen,
ehe er das Ungeheuer mit dreigestaltigem Leibe bezwang; die
Alpen hat er überstiegen, was nie vorher ein Sterblicher ge=
than, und wie er in Sicilien den Eryx im Faustkampf nieder=
schlug, hat er am Tiberstrom den Räuber Cacus überwunden,
und den ganzen Westen siegreich durchzogen und unterworfen [26]).
Also Hesperien ist, wenn nicht das Land des Fluchs, doch
der Greuel, des Entsetzens, der Abentheuer und Gefahren.
In diesem Glauben haben die Hellenen nicht nur die reiche
Wunderwelt der Odyssee, allen widersprechenden Deutungen
zum Trotz, an das Westland angeknüpft, sondern selbst die
Argo, bei ursprünglich entgegengesetzter Richtung nach dem=
selben Schauplatz hingeführt [27]). Es ist das Furchtbare und
Gewaltige, was in dieser sagenhaften Ferne schreckt und reizt,
es ist die Zufluchtsstätte der vom Mißgeschick Verfolgten, wo=
hin die Flüchtlinge mit den besiegten Göttern ziehen, Kronos,
Aristaios, die troischen Penaten, die Pelasger, welche aus
Thessalien durch Kureten und Leleger verdrängt, jenseits des
Meeres eine neue Heimath finden.

[24]) Aristot. Mir. Auscult. c. 115.
[25]) Strabo VI, 1. 17.
[26]) Apollodor. Bibl. L. II, c. 5. p, 185. Ed. Heyne. Dionys. I,
39—44. Diodor. Sicul. IV, 17 folgg. welcher die Unternehmung von Kreta
ausgehen läßt, ohne Zweifel mit Beziehung auf die frühere Seeherrschaft
des Minos. Zugleich wird Aegypten und Libyen mit in den Bereich ge=
zogen, ganz wie die Libyschen Quellen, aus denen Salust schöpfte. Jug. 17. 18.
Den Rückzug nimmt er über Celtica. Diod. l. l. c. 19. übersteigt die Alpen,
durchzieht Ligurien, Latium, Campanien, und besiegt in den phlegräischen
Feldern die Giganten, wobei Timaeus als Quelle genannt ward, l. l. c. 21.

Aber wenn schon im Gegensatz zum eigentlichen Hellas
in der Sage aufgefaßt Hesperien als ein entlegenes, unbe-
kanntes Land erschien, wo kaum die Morgenröthe der Geschichte tagte, so muß dennoch gerade in diesem Zeitraum, den
eine tiefe Nacht verhüllt, Italien der Schauplatz der folgen-
reichsten Bewegungen gewesen sein. Daß nämlich die ältesten
Bewohner Italiens, welche unter dem Namen Aboriginer begriffen werden, viele Menschenalter vor dem trojanischen Kriege
aus Achaia eingewandert seien, hatten M. Porcius Cato und
C. Sempronius Tuditanus und die einsichtsvollsten römischen
Geschichtschreiber angenommen. Dabei hatten sie weder Volk
noch Land, noch den Namen des Führers angegeben, der diesen
Auszug geleitet habe, und überhaupt keinen Hellenen als Ge-
währsmann für diese Behauptung angeführt[27]), zum Beweis,
daß es volksthümliche Ueberlieferung war, welche in den Sagen
von der Gründung von Tusculum und Präneste durch Telegonos
des Odysseus Sohn, von Tibur durch die Söhne des Amphia-
raus oder Evanders Steuermann, wie Cato annahm, von
Ardea durch die Danae, ihren Nachklang fand. Dionysius
dagegen hat die erste Auswanderung der Hellenen nach Italien
siebenzehn Menschenalter vor den trojanischen Krieg gesetzt[29]),
damals als ein großer Heereszug unter Oinotros und Peu-
cetios den Peloponnes verließ, und im Süden von Italien

Auf den Sieg über den Eryx ward sogar ein Eigenthumsrecht eines Theils
der Insel für seine Nachkommen begründet; wie denn auch die spätere Colo-
nisation Sardiniens damit in Verbindung gebracht wird. l. l. c. 29.

[27]) Strabo I, p. 32. Tauch. Τάχα καὶ τοῦ Ἰάσονος μέχρι τῆς
Ἰταλίας πλανηθέντος. δείκνυται γάρ τινα σημεῖα καὶ περὶ τὰ Κεραύνια
ὄρη καὶ περὶ τὸν Ἀδρίαν καὶ ἐν τῷ Ποσειδωνιάτῃ κόλπῳ καὶ ταῖς πρὸ
τῆς Τυῤῥηνίας νήσοις τῆς τῶν Ἀργοναυτῶν πλάνης σημεῖα. Strabo I, 36.
Διότι ταῦτα οὐ ποιητῶν πλάσματά ἐστιν οὐδὲ συγγραφέων ἀλλὰ γεγε-
νημένων ἴχνη καὶ προσώπων καὶ πράξεων.

[28]) Dionys. I, 11—13.

[29]) Dionysius l. c. Allerdings setzt derselbe hinzu: τὸ μὲν οὖν ἀλη-
θὲς ὅπως ποτ᾽ ἔχει ἄδηλον. εἰ δ᾽ ἐστὶν ὁ τούτων λόγος ὑγιὴς κ. τ. λ.

eine neue Heimath suchte, wo die Oinotrer und Peuketier auch noch späterhin für die alte Ueberlieferung Zeugniß gaben. Diese nun als Stammväter der Aboriginer anzusehen, wie Dionysius gethan, ist ein Irrthum eigenthümlicher Art, da weder die Aboriginer des Cato im südlichen Italien zu suchen sind, noch je die Oinotrer, die durch die Opiker getrennten Völker Latiums berühren konnten. Antiochos von Syrakus und Pherekydes von Athen können nur den frühen Aufenthalt der Oinotrer in Italien, keineswegs die Ausdehnung ihrer Wohnsitze bis nach Ausonien beweisen. [30]

Ein anderer Strom hellenischer Bevölkerung ergoß sich eilf Menschenalter später nach Italien. Die Pelasger nämlich, welche den Peloponnes bewohnten, waren, nach 200jährigem Aufenthalt nach Thessalien ausgewandert, und hatten in ihren neuen Wohnsitzen eine große Macht gegründet, als sie fünf Menschenalter später durch die vereinten Anstrengungen der Aitoler, Lokrer und der den Parnaß umwohnenden Völker, welche Deukalion beherrschte, aufs neue vertrieben wurden. Darauf nach allen Richtungen zerstreut, hatte ein Theil das alte Heimathland ein Dodona aufgesucht, und war von da einem alten Schicksalspruch zufolge weiter fortgezogen, um die Wohnsitze der Sikuler, Saturnia und Cutilia, im Lande der Aboriginer aufzusuchen.

An den Mündungen des Padus bei Spina gelandet, zogen sie durch das Land, bis sie in den Apenninen mit den Aboriginern zusammenstießen, denen sie, vielleicht als Stammgenossen, bald befreundet, und auf jeden Fall schnell einverleibt, den Umbrern und Sikulern viele Städte und Landstriche entrissen, außer Kroton, welches sie zum Waffenplatz erhoben,

[30] Dionys. l. l. c. 12. 13. Antiochos hat offenbar nur das eigentliche Italien im Auge: οἱ γὰρ παλαιοὶ τὴν Οἰνοτρίαν ἐκάλουν Ἰταλίαν, ἀπὸ τοῦ Σικελικοῦ πορθμοῦ μέχρι τοῦ Ταραντίου κόλπου καὶ τοῦ Ποσειδωνιάτου διήκουσαν. Strabo V, initio. Dionysius Schluß ist: wenn die Aboriginer Hellenen sind, so müssen sie, weil keine frühere Einwanderung

an der Küste Agylla, Pisa, Alsium, Saturnia, endlich Falerii Fescennia. Von mächtigen Feinden gedrängt, verließen die Sikuler die vaterländische Erde, zogen nach dem Süden und übers Meer, wo sie im Norden von Trinacria eine andere Heimath fanden; der Name der Insel verkündete ihren Sieg. Die vereinigten Aboriginer und Pelasger aber herrschten vorzüglich in den Hochebenen der Apenninen, am Velinus, und wenn der Name der Aboriginer nicht von den Bergen entstanden ist, so waren sie wenigstens vorzugsweise Gebirgsbewohner, wo noch Varro die Trümmer ihrer Städte sah. Aber nicht lange lächelte den siegreichen Pelasgern das Glück. Auch in Italien hatten sie keine bleibende Städte gefunden und immer aufs Neue einem unsteten Wanderleben sich ergeben. Durch Strafen des Himmels, wie die Sage erzählt, geschreckt, verließen sie zu Tausenden die erkämpften Sitze und kurz vor den troischen Zeiten wird die pelasgische Bevölkerung in Italien nicht mehr genannt.[31])

Aber der Zuzug hellenischer Bevölkerung verminderte darum sich nicht. Kaum zwanzig Jahre später wird eine neue Einwanderung aus Arkadien berichtet; Evander und seine Mutter Carmenta brachten neue Götter, das Geheimniß der Schrift und Vieles andere, was die Rohheit der Sitten milderte und das unbändige Geschlecht Gesetz und Ordnung lehrte. Während die Arkadier auf dem Palatinus sich niederließen, hatten die Gefährten des Herkules, welche von dessen großem Heereszuge nach den Westen im Tiberthale blieben, den Saturnischen Hügel sich erwählt, Pheneaten und Epeier aus Elis und gefangene Troer, welche er von der Eroberung der Stadt des

der Hellenen berichtet wird, Abkömmlinge der Oinotrer sein, welche ihren Namen von ihren Wohnsitzen in den Gebirgen erhalten haben. *Κληθῆναι δὲ Ἀβοριγίνας ἀπὸ τῆς ἐν τοῖς ὄρεσιν οἰκήσεως.* Uebrigens trennt er die Oinotrer bestimmt von den spätern Pelasgern c. 12, während er c. 17 allerdings die Verwandtschaft von Pelasgern und Hellenen anerkennt.

[31]) Dionys. l. l. c. 16.

Laomedon mit sich geführt. Und wie der Held überall Spuren
seiner segensreichen Gegenwart zurück gelassen, so haben ihm
die Aboriginer die Aufhebung der Menschenopfer zugeschrieben,
welche früher den Pelasgern durch das Orakel sebst geboten
schienen. [32])

So die Sage, in welcher nicht Dionysius allein die
Grundlage der Geschichte fand. Oinotrer und Choner hat
auch Aristoteles im Süden von Italien gekannt; auch weiß
er von einem König Italos zu erzählen, der die früher noma=
disch lebenden Oinotrer den Ackerbau gelehrt, dieselben an
Ordnung und Gesetz gewöhnt und die Syssitien eingeführt,
die dort sogar früher als in Kreta bestanden. Dort hatte sie
erst Minos angeordnet, dessen Seeherrschaft und Rachekrieg
gegen Sicilien, so wie seinen dort erfolgten Tod, Aristoteles
als geschichtliche Thatsachen anzuführen kein Bedenken trägt [33]).
Auch die Irrfahrten der von Troja heimkehrenden Hellenen
scheint er nicht als Erfindungen der Dichter gefaßt zu haben,
wenn er doch erzählt hatte, daß Achaier bei der Fahrt um
das Vorgebirge Malea durch den Sturm verschlagen, nach
langem Umherirren im Tyrrhenischen Meere in Ostia an der

[32]) Dionys. l. l. c. 17 — 26. c. 31. u. c. 24.
[33]) Aristot. Polit. II, 7. §. 1. 2. VII, 9. §. 1. 2. 4.
[34]) Dionys. I, 72.
[35]) Plutarch. V, Thesci c. 16.
[36]) Thuc. I, 9 — 12. Interessant ist zu vernehmen, wie Hr. Grote
History of Greece I, p. 545. diese meisterhafte Darstellung beurtheilt:
He was thus under the necessity of torturing the matter of the
old mythes into conformity with subjective exigences of hisown
mind: bi left out, altered, recombined and supplied new connecting
principles and supposed purposes, until the story becam such a
no one could have any positive reason for calling in question —
it acquired a smoothness and plausibility and a political *ensemble*,
which the critics were satisfied to accept as historical truth." Mit
solchen Trivialitäten will der englische Geschichtschreiber die Anschauungen
eines großen Geistes charakterisiren, ohne auch nur zu ahnen, daß er hier=
mit auf's Haar sein eigenes Verfahren geschildert hat.

Küste von Latium gelandet und dort überwintert hatten. Da
aber die Schiffe durch troische gefangene Frauen in Brand
gesteckt wurden, seien sie nothgedrungen daselbst geblieben;
welches von Dionysios, ich vermuthe im Sinne des Aristoteles,
auf die Gründung von Rom bezogen wird [34]). Ja selbst an
die Wanderung des Theseus nach Japygien hatte Aristoteles,
wie es scheint, geglaubt [35]). Auch Thukydides, dem der
Trojanische Krieg mit seinen Helden nicht eine bloße Phantas-
magorie von Wirkungen der Elemente, von Dunst, Nebel und
Wasserdämpfen war [36]), der von Agememnon, Pelops, Atreus,
Minos, Kekrops, Hellen, Eumolpos, Amphiaraos, Alcmäon,
Tereus, als von wirklichen Personen redet [37]), der in Homeros
selber eine Quelle der Geschichte fand, und bei aller Schärfe
der Kritik an die Vorzeit seines Volkes glaubte, hatte mit
Recht in dem Zug gegen Ilios die Ursache großer Bewegun-
gen und Erschütterungen erkannt, welche anfangs gegen Osten
gerichtet, sich später gegen Westen wandten, wohin die Phö-
nicier den Weg gebahnt. Daher er nicht nur in Korcyra das
Land der Phaiaken, in der Sikulischen Meerenge den Sitz der
Skylla und Charybdis, die Kyklopen und Lästrygonen als älteste

---

[37]) Thuc. I. 25. II. 29. IV. 24. 120. VI. 2. II. 68. 102. IV. 120.
Hr. Grote bezeichnet seinen Standpunkt Thukydides gegenüber mit folgenden
Worten: Taking the mythes in the mass, I donbt not, that this is
true, nor have I anywhere denied it. Taking them one by one,
I neither affirm or deny it. My position is, that whether there he
matter of fact or not, we have no test, whereby it can be singled
out, identified and severed from the accompanying fiction. p. 550
note. Also die Wahrheit des Ganzen wird nicht bezweifelt, wohl aber des
Einzelnen, welches in seiner Verbindung das Ganze bildet. Nun müssen
doch in dem Einzelnen die Elemente enthalten sein, welche die Wahrheit
des Ganzen ausmachen. Wenn nun Thukydides in seiner Darstellung des
trojanischen Krieges das rein Geschichtliche herausgehoben hat, wird sein
Zeugniß verworfen, denn — „hut in these case the poets are the only
real witnesses, and the narrative of Thucydidès, is a mere extrait
and distillation from their incredibilities." p. 545. „Risum teneatis
amici?"

Bewohner Siciliens anerkennt, sondern auch Skione in Pallene
durch Achaier unmittelbar nach Ilios Zerstörung gegründet
glaubt. Selbst die Gründung des Amphilochischen Argos
durch den Sohn des Amphiaraos, so wie die Niederlassung
des Alcmäon in Akarnanien werden ohne Aeußerung irgend
eines Zweifels von ihm erzählt. Besonders aber sind seine An=
gaben über den Westen von Bedeutung. Zuerst nämlich nennt
er als Urbewohner von Trinacria die Sikaner, welche wir
bei Virgil in Latium wiederfinden. Dann hat er ihre Ver=
drängung durch die Sikuler vernommen, welche selbst wieder
durch die Opiker aus Italien vertrieben wurden. Auch der
König Italos ist ihm bekannt. Namentlich aber weiß er von
einer Troischen Kolonie zu berichten, welche nach dem Fall
von Ilium auf der Flucht vor den Achaiern nach Sicilien
kamen und die Städte Eryx und Egesta gründeten und nach
ihrer Vereinigung mit den Sikanern und einer Anzahl Phoker
den Namen Elymer erhielten, so daß sowohl die Auswanderung
der Sikuler als das Erscheinen der Troer in dem westlichen

³⁸) Diese werden von Dionysius I. 22. also berichtet. Hellanicus von
Lesbos hatte eine doppelte Auswanderung aus Italien nach Sicilien an=
genommen, der Elymer, die von den Oenotrern, der Ausoner, die fünf Jahre
später von den Japygiern vertrieben wurden; der König der letztern habe
den Namen Sikelos gehabt. Philistos von Syracus hatte das einwan=
dernde Volk Ligner genannt, deren Führer Sikelos, Sohn des Italos; die
vertreibenden werden Ombriker und Pelasger genannt. Antiochos endlich
hatte auch Sikuler genannt, ihre Feinde Oenotrer und Opiker. Seine
Auffassung kann kaum als eine Abweichung von Thukydides betrachtet werden;
die Sikuler hat er auch; zu den Opikern fügt er noch die Oenotrer hinzu,
von welchen sie auszogen. Denn Morges, der Sohn des Königs Italos,
hatte den Sikelos gastlich bei sich aufgenommen, wie derselbe Antiochos
erzählt hatte Dion. I, 12., der sich berühmte ἐκ τῶν ἀρχαίων λόγων τὰ
πιστότατα καὶ σαφέστατα gewählt zu haben. Ja die Sikuler selber werden
von ihm Oenotrer genannt, so daß sie als Stammgenossen der Morgeten,
und das Ganze als ein Bruderzwist erscheint. Dagegen erscheint der Be=
richt des Hellanicus als eine verworrene Darstellung derselben Thatsachen,
die auch Thukydides berichtet. Weil auch die Elymer in Sicilien einge=
wandert waren, werden auch sie als Vertriebene bezeichnet; statt der Sikuler,

Meere durch Thukydides Bestätigung erhält. Ja selbst die
scheinbaren Abweichungen über Zeit und Völkernamen, welche
bei Hellanicus, Philistus, Antiochus sich finden, können, genauer erwogen, das bedeutungsvolle Ereigniß nur bestätigen [38]).

Und wenn Jemand die Ausbildung und den Ursprung
vieler Heroensagen aus ihrer spätern Verehrung in den hellenischen Pflanzstädten Italiens erklären wollte, so wird dadurch
die Thatsache nicht erschüttert werden können, daß die troischen Zeiten auch auf Italien großen Einfluß übten und daß
die Ausbreitung des hellenischen Stammes im Süden von
Italien, von dieser Zeit an immer mehr an Umfang gewonnen hat [39]). Wenn nun die wiederholte Einwanderung
des hellenischen Stammes in Italien in den frühesten Zeiten,
so fest als irgend ein Ereigniß der alten Geschichte steht,
wenn die Aboriginer, Oinotrer, Peuketier, Pelasger nicht
mit Unrecht von den Alten als hellenische Stammgenossen
bezeichnet werden, wenn die Mythen von Kronos, Aristaios,
Evander, Heracles, ja die ganze Heroensage unzweifelhaft

die aus Ausonien oder Opika kamen, werden Ausoner selbst genannt; die
beiderseitigen Feinde sind einmal die Oenotrer, das anderemal die Japygier,
offenbar dasselbe Volk. Philistos endlich hatte auch Sikuler genannt. Diese
aber seien Ligurer gewesen, aber ihr Anführer Sikulos, daher der Name
des Volks. Ihre Feinde nennt er Ombriker und Pelasger, vielleicht genauer als Thukydides, der nur die nächsten Nachbarn, die Opiker, als
Vertreibende genannt hatte. Hinsichtlich der Zeit stimmten Hellanicos und
Philistos überein, indem der eine zwei Menschenalter vor den troischen
Zeiten, der andere das achtzigste Jahr etwas genauer nannte; Antiochos
bestimmt keine Zeit. Wenn Thukydides nur 300 Jahre vor den ersten Niederlassungen der Griechen angibt, also ungefähr 1030, so scheint er damit nur
das Ende dieser fortwährenden Bewegung zu bezeichnen. Denn Niemand
wird die Besitznahme eines entfernten Landes und die Veränderung der Bevölkerung auf einen kurzen Zeitraum beschränken wollen.

[39]) **Strabo VI. 1. 3.** μετὰ δὲ τοὺς Ἕλληνας — ὕστερον μέν γε καὶ
τῆς μεσογαίας πολλὴν ἀφῄρηντο, ἀπὸ τῶν Τρωϊκῶν ἀρξάμενοι χρόνων
καὶ δὴ ἐπὶ τοιοῦτον ἥξοντο, ὥστε τὴν μεγάλην Ἑλλάδα ταύτην ἔλεγον
καὶ τὴν Σικελίαν.

solche Einwirkung voraussetzt, wenn selbst eine frühzeitige staatliche Entwickelung der hellenischen Elemente durch Aristoteles beglaubigt ist, wenn endlich späterhin im achten und siebenten Jahrhundert jene große Zahl blühender hellenischer Colonien das ganze südliche Italien beherrschten und in Kunst und Wissenschaft den Wettkampf mit dem Mutterlande wagten, so daß der Name Großgriechenland mit Recht ihm beigelegt werden konnte, so durfte man billig sich verwundern, daß die Wirkungen des Einflusses der Hellenen nicht tiefer, umfassender und nachhaltiger gewesen. Wenn die grie-

40) Es berührt diese kurze Angabe allerdings eine der wichtigsten Fragen der ältesten Völkergeschichte überhaupt, wo die beiden Gegensätze, entweder Alles auf Autochthonen zurückzuführen, oder aus der Fremde herzuleiten, sich immer wieder begegnen. Ohne auf die unauflösliche Frage des ersten Anbaus eines Landes überhaupt einzugehen, wird die Forschung stets die Entwicklung eines Volkes ergründen oder verfolgen wollen, und muß daher nothwendig auf eine scharfe Trennung der einzelnen Schichten dringen. Wenn die Sage darauf hinzuweisen scheint, daß Italien ganz von hellenischen oder pelasgischen Völkerschaften eingenommen wurde, wie auch Dionysios anzunehmen geneigt ist (I. 89), so nimmt er dennoch die Beimischung vieler barbarischer Stämme an, worunter er außer Tyrrhenern, Ligurern, Iberern, Kelten, selbst Opikern, Umbrer, Marser, Bruttier und Samniten nennt. Aber dann entsteht die weit wichtigere Frage, warum doch die hellenischen Einwanderer in Italien nicht wie im eigentlichen Hellas sich entwickelt haben, sondern dieß nur den spätern griechischen Colonien in Unteritalien, und auch da nur für eine verhältnißmäßig kurze Zeit gelang? Wollte man antworten, daß jene ältern Einwanderer selbst die hellenische Nationalität noch nicht ausgebildet mitgebracht, so fragt man wiederum, welche besonderen Ursachen dieß im spätern Italien verhindert haben? und so kehrt dieselbe Frage wieder. Die einfachste Lösung scheint, daß, wie jedes Naturgebilde sein eigenes, inneres Wesen hat, eine Idee, die ihm zum Grunde liegt, so hat auch jedes Land seinen eigenthümlichen Charakter, der, bei aller Aehnlichkeit mit verwandten, dennoch für sich begriffen werden muß. Auf gleiche Weise erscheint auch der Mensch, analog der Natur, die ihn umgibt, je nach der Verschiedenheit seiner ursprünglichen Heimath, als ein Sonderwesen, welches als die Grundlage der später entwickelten Nationalität betrachtet werden muß; denn diese ist kein Naturproduct, sondern ward erst durch Verbindung mit Verwandtem und Verschiedenartigem gebildet. Aber ein Keim, eine Kraft muß vorhanden sein, wodurch die Mischung

chischen Städte in Doris, Jonien und Aolis am Hellespont
und Pontos, trotz der Barbaren großer Zahl, der Hellenisirung
von Vorderasien bewirkten, was hat dieselben Erfolge in Italien
gehemmt? Nichts anders, als daß die einwandernden Hellenen
ein Volk vorfanden, das mit der Empfänglichkeit für das Gute,
das die Fremden brachten, Geisteskraft und Unabhängigkeits-
gefühl genug besaß, um eine neue Schöpfung in der großen
Familie der Völker zu erzeugen. Dieses urheimathliche italische
Element glaube ich in den Stämmen der Umbrer und Aurunker oder Ausoner gefunden [40]). Diese im Norden und Westen

bedingt erscheint, und hierin ruht, wie überall in der Schöpfung, das
unerforschliche Geheimniß. Diese nennen wir in der Geschichte eines Landes
die Urbevölkerung, die Autochthonen. Als solche erscheinen zuerst die Umbrer,
welche alle Einwanderer und Eroberer, die Aboriginer, die Etrusker, die
Kelten und die Pelasger vorgefunden haben. Plin. III. 14. „Umbrorum
gens antiquissima Italiae existimatur, ut quos Ombrios a Graecis
putent dictos, quod inundatione terrarum imbribus superfuerint,“
cfr. Serv. ad Aen. XII. 753., wo Niemand glauben wird, die Annahme
sei durch die Etymologie begründet worden, sondern für die Thatsache wurde
eine Bestätigung durch die Etymologie gesucht. Wollen Manche sie für Nachkommen der Kelten halten, Solin. c. 2. und selbst Polybius II. 17, der
Ὄμβροι neben den keltischen Völkern nennt, so ändert dieß in der Sache
nichts. Die spätere Berührung mit Kelten, Pelasgern, Etruskern hat
jedenfalls auf ihre Entwicklung großen Einfluß ausgeübt, und theilweise
eine Verschmelzung herbeigeführt; aber die Umbrer blieben stets ein eigenthümlicher Volksstamm, der von Latinern und Sabinern sich wesentlich unterschied. Die Osker hat kein alter Schriftsteller hellenischen Ursprungs genannt, im Gegentheil wurde damit die nicht hellenische oder barbarische
Bevölkerung Italiens bezeichnet, Cato bei Plin. 29. 1; Nos Graeci
dictitant Barbaros et spurcius nos quam alios Opicos adpellatione
foedant, wie denn auch namentlich der ausgebildete Dialekt für die urgriechische Abstammung zeugt. Es muß daher mehr als gewagt erscheinen,
wenn ein neuerer Sprachforscher auf höchst problematische Spracherschei-
nungen hin, auch dieses Volk zu Pelasgern machen will, nach der neuerlich
beliebten Art, dieselben über ganz Europa und Asien verbreitet sich zu denken.
Daß Opiker, Osker, Ausoner und Aurunker einem und demselben Volksstamm angehören, wird von Niemand mehr bezweifelt, wiewohl die Ausoner
mehr den Küstenstrich inne gehabt zu haben scheinen, wie Strabo bezeugt,
S. 233, Polyb. XXIV. II, 5., die Osker im innern Lande wohnten; daher

von den iberisch = keltischen Völkern der Sikuler und Ligurer
bedroht [41]), im Süden von den Hellenen zurückgedrängt, haben
im Gebirge jene Kraft genährt, die ihnen endlich den Sieg

auch der Ausdruck mare Ausonium. Und wenn jene ursprünglich die
Gegend am Cales und Beneventum bewohnt hatten, Fesc. l. v. Ausonium,
so konnten sie später sehr wohl, von den Samniten verdrängt, bis zur
Küste vergedrungen sein, wo sie Polybius fand. Strabo. p. 242. Der
spätere lateinische Sprachgebrauch ergibt, daß Oskisch besonders zur Bezeichnung der Sprache, der Sitten und geistigen Entwicklung diente;
während als Volk nur Aurunker und Ausoner genannt werden. Da früher
der Name Opiker auch auf Latium übergetragen wurde, so ist erklärlich,
warum Auson ein Sohn des Ulysses und der Circe oder der Kalypso genannt wird. Serv. ad Aen. III. 171. 328, oder wenn Virgil sagt Georg. IV.
385 Nec non Ausonii, Troja gens missa, coloni. Wie denn überhaupt der Name um so mehr im allgemeinen Sinne zur Bezeichnung italischer
Volksthümlichkeit gebraucht wurde, je weniger er als Benennung eines be-
sondern Volkes Geltung hatte, welches auf gleiche Weise mit dem Namen
Italien der Fall war. Nach allem diesem muß man billig erstaunen, bei
Abeken Mittelitalien S. 9. zu lesen: „Der urgriechische Staat, in
welchem sich späterhin griechische Colonieen niederließen, ist der Oskische,"
wozu noch die wunderliche Etymologie kommt, den Namen von opus, Be-
festigung herzuleiten und so mit den Τυρσηνοι, den Thurmbauern, in
Verbindung zu bringen; das Näherliegende, Opici von ops, so daß Opica
der Saturnia gegenübertritt, muß natürlich vor diesem neuern Gedanken
zurückstehen. S. 103. 128. desselben Buchs.

[41]) Daß die Ligurer (Λίγυες) ein dem iberisch-keltischen verwandtes
Volk gewesen, wird wohl allgemein zugestanden, wenn schon Dionysius I. 10.
über dieselben sagt: Οἱ γὰρ Λίγυες οἰκοῦσι μὲν καὶ τῆς Ἰταλίας πολλαχῇ,
νέμονται δὲ τινα καὶ τῆς Κελτικῆς. ὁπότερα δ᾽αὐτοῖς ἐστι γῆ πατρίς,
ἄδηλον οὐδὲ γὰρ ἔτι λέγεται περὶ αὐτῶν προσωτέρω σαφὲς οὐδέν. Iberien
erstreckte sich früherhin bis an die Rhone und hier wohnten Iberer mit
Ligurern vermischt, während später die Rhone beide Völker schied. cfr.
Skylax. L 237. Gail. ἀπὸ δὲ Ἰβήρων ἔχονται Λίγυες καὶ Ἴβηρες μιγά-
δες μέχρι ποταμοῦ Ῥοδάνου. Avieni Ora mar. 609. huius (Rhodani)
alveo Ibera tellus atque Ligures asperi intersecantur. Vgl. Zeuss:
Die Deutschen und die Nachbarstämme. p. 167. 168. (Diese Identität
hatten ohne Zweifel auch jene angenommen, welche den Sikelos, den Anführer der Sikaner nannten, wie Servius 8. 328, oder der Ausoner, wie
Hellanicos wollte, oder der Ligurer nach Philistos.) Ueber die Sikuler ist
schwieriger zu reden wegen ihres Verhältnisses zu den Sikauern. Während
nämlich Thukydides VI. 2. und Dionysios I. 22. (offenbar auf seine Au-

verlieh. Aber nicht bloß mit den Waffen wird fremden Ein=
fluß abgewehrt, einen mächtigern Schuß gewährt des Lebens
strenge Zucht, ein freier Sinn und ein vom lebendigen Glau=

torität hin, oder weil sie eine gemeinsame Quelle vor sich hatten, vielleicht
den Timäus) beide Völker aus einander halten und sie als feindlich darstellen,
indem sie die Sikaner ein iberisches Volk nennen, welches, von den Ligurern
verdrängt, in den frühesten Zeiten die Insel Sicilien eingenommen hatte,
die Sikuler dagegen als ein italisches Volk bezeichnen, welches ursprünglich
in dem Tiberthal seinen Sitz hatte und erst späterhin, etwa drei Menschen=
alter vor dem trojanischen Kriege, von seinen Feinden verdrängt, nach Sici=
lien übersetzte und dort die Sikaner besiegte, hat Virgil gerade die Bewohner
des Tiberthals Sikaner genannt. cfr. Aen. VIII. 328. Tum manus Auso-
nia et veteres venere Sicani XI. 317. Est antiquus ager, Tusco mihi
proximus amni, Longus in occasum, finis super usque Sicanos, Au-
runci Rutulique serunt etc., zu welcher Stelle Servius bemerkt: „quos
Siculi aliquando tenuerant, i. e. usque ad ea loca, in quibus nunc
Roma est, haec enim Siculi habitaverunt“ und Cato so wie Sthenna
hatten darunter die 700 Jucharten Landes verstanden, zwischen Laurentum
und castra Trojana, wo auch noch später der Name pinetum die alte
Erinnerung bewahrte. Also darüber kann kein Zweifel sein, daß Virgil den
Namen der Sikuler mit dem der Sikaner für gleichbedeutend gehalten hat.
Kaum wird dieß Jemand damit erklären wollen, daß der Dichter die ältern
Völkernamen mit Vorliebe gebraucht habe; denn wir finden ihn über die
ältere italische Völkergeschichte sehr wohl unterrichtet, und er nennt sie aus=
drücklich mit den Ausonern als die ältesten Bewohner Italiens, welche un=
mittelbar nach Saturnus das Land einnehmen. Auch beweist der Ausdruck
freta Sicaniae A. I. 557., daß er Sicanus und Siculus ganz gleichbedeutend
ansah. So auch Serv. ad Aen. I. 533. Sed usque ad ea loca, quae
tenuerunt Sicani, id est, Siculi, a Sicano, Itali fratre. Und in der
That scheint die Analogie von Aequi und Aequicola, Volsci und Volusci,
Sabini und Sabelli, Peucetii und Poediculi keinen Zweifel darüber zu
gestatten. Steht nun dieses fest, daß die Sikuler und Sikaner dasselbe
Volk bezeichnen, und daß nur der letztere Name, als der ältere, weniger
üblich wurde, so scheint eine natürliche Folge, daß das, was von den Sika=
nern erzählt wird, auch auf die Sikuler übertragen werden muß. Wenn also
die Sikaner iberisch=keltischen Stammes sind, wofür schon ihre Beziehung
zu den Ligurern zu sprechen scheint, so werden auch die Sikuler die gleiche
Abstammung haben müssen. Dieß ist nun eben die Frage, weil Niebuhr die
Sikuler für Pelasger erklärt hat. Dazu bestimmte ihn einmal das Zeugniß
des Pausanias, I. 28, welcher in Beziehung auf den Mauerbau an der Athe=
nischen Burg, die das Werk der Pelasger war, Herod. V. 64. erklärt,

ben beseelter Staat. Das war der Römer Eigenthum, das
hatten die Hellenen nicht gebracht, das wurzelte in der Seelen-
liebe des italischen Landmannes, das wurde belebt durch den

daß. er über sie Nichts anders hätte erfahren können, als daß sie ursprünglich
Sikuler gewesen und nach Akarnanien ausgewandert seien. Pausan. I. I.
περιβαλλεῖν τὸ λοιπὸν λέγεται τοῦ τείχους Πελασγοῖς, οἰκήσαντάς ποτε
ὑπὸ τὴν ἀκρόπολιν· Φασὶ γὰρ Ἀρχόλαν καὶ Ὑπέρβιον· πινθανόμενος δὲ
οἵτινες ἦσαν, οὐδὲν ἄλλο ἐδυνάμην μαθεῖν, ἢ Σικελοὺς τὸ ἐξαρχῆς ὄντας,
Ἀκαρνανίαν μετοικῆσαι. Er hätte noch eine zweite Stelle hinzufügen können,
daß nicht weit von Athen ein Hügel war, der Sikelia hieß, den zu bebauen
ihnen das Orakel zu Dodona befohlen hatte, welches sie aber unglücklicher
weise auf das eigentliche Sicilien bezogen. Pausan. VIII. 11. p. 513. ed. Kühn.
Ja selbst in der Nähe des Peloponnes wird eine Sikelia erwähnt. Steph.
Byz. s. v., ebenso in Thrakien, in Mauretanien, selbst Naros hieß Klein-
Sicilien. cfr. Hesych. s. v. Ferner meldet der Scholiast zu Od. 6. 85,
daß der König Echetos von Epiros, der wegen seiner Grausamkeit berüchtigt
war, ein König der Sikuler gewesen sei. Auch wird eine Stadt Buchetos
in Sicilien erwähnt, welches ohne Zweifel die Stadt Βουχέτα oder Βουχέ-
τιον in Epirus ist. Niebuhr Kl. histor. Schriften Th. II. S. 225. legt einen
bedeutenden Werth darauf, daß Mnaseas und Marsyas an dieser Stelle als
Gewährsmänner genannt werden, wovon der eine ein Schüler Aristarchos,
der andere als Makedonier vorzüglichen Glauben verdienen. Daher auch
sonst, wo die Sikuler in der Odysse erwähnt werden, z. B. v. 385. die
Sikuler in Epiros zu verstehen seien. Da nun Epiros als das eigentliche
Stammland der Pelasger betrachtet wird, Dion. I. 18., so wären die Sikuler
nothwendig als ein Zweig des pelasgischen Volksstammes anzusehen. Dazu
kommt das eigenthümliche Verhältniß, in welches, nach der Sage, Sikulos
zu dem Morges und zu dem Italos tritt. Dion. I. 12. und die Worte des
Antiochus οὕτω δὲ Σικελοὶ καὶ Μόργητες ἐγένοντο, καὶ Ἰταλίητες, ἐόντες
Οἴνωροι, wozu noch die Erklärung desselben Schriftstellers kommt, daß
die ganze Gegend um Rheglon die Sikuler und Morgeten ehemals besessen
hätten, Strabo p. 257., wodurch also wiederum die Sikuler als ein pelas-
gisches Volk erscheinen. Wozu noch die Ansicht des Philistos kommt, welcher
den Sikulus für einen Sohn des Italos erklärt. Endlich könnte noch erwähnt werden, daß auch Sikuler am obern adriatischen Meere wohnen, wo
nach Dionysius die Pelasger gelandet haben sollten. Plin. N. H. III, c. 19.
Siculi plurima ejus tractus tenuere, inprimis Palmensem, Praetu-
numtia Adrianumque agrum. Diesen Angaben, welche sich wesentlich nicht
vermehren lassen möchten, setzen wir Folgendes entgegen. Erstens ist die
Behauptung des Thukydides über die Abstammung der Sikaner so klar und
bestimmt, daß ein bloßer Zweifel dagegen ein Auflehnen gegen die Autorität

Hauch des Orients, gekräftigt durch die Berührung mit dem
nordischen Volksstamm. Eine Colonie, vielleicht von Tyrus
ausgegangen, nach einem langen Aufenthalt in Tyrrha in

---

der Geschichte überhaupt ist. Zweitens hatte auch Ephoros die Iberer die
ältesten Bewohner der Insel genannt. Strabo p. 270. Dann hatten nach
Strabos eigenem Zeugniß Sikaner, Morgeten und Sikeler bis auf seine Zeit
sich behauptet; dasselbe bezeugt auch Skylax §. 13. ἐν δὲ Σικελίᾳ ἔθνη
βάρβαρα τάδε ἐστὶν Ἔλυμοι, Σικανοί, Σικελοί, Φοίνικες, Τρῶες. Aber
daß die Sikaner aus Iberien gekommen, kann gar nicht zweifelhaft sein, da
von Hecatäus eine Stadt Σικάνη erwähnt wird. p. 15. Ed. Kl. Steph
Byz. s. v. Ebenso erwähnt derselbe unter Δρρά den Fluß Σικανός. Daß
dieser für den Sicoris gehalten worden sei, sehen wir schon aus Serv. VIII.
328. Uebrigens erwähnt auch Avienus Festus Or. mar. 469. 470. den
Dera oder Idera mit der Stadt Sicana und dem Fluß Sicanus. Es wird
also wohl nach den obigen Zeugnissen Niemand an der Existenz der Stadt
Sicana und des Flusses Sicanus zweifeln. Sind nun die Sikaner von
Iberien ausgezogen, und ein dem iberischen Stamme angehöriges Volk,
haben sie nach dem Zeugniß des Virgil in Latium sich niedergelassen, und
sind sie mit den von Andern erwähnten Siculi im Wesentlichen identisch, so
können sie nicht dem pelasgischen Stamme angehören, wenn nicht Jemand,
der Consequenz zu Liebe, diese auch nach dem äußersten Westen versetzen
will. Dabei ist nicht zu vergessen, daß die nach Sicilien übergegangene
Völkerschaft auch Ligur genannt werden sowohl von Steph. Byz. s. v
Sikilia. p. 568. Ed. Mein., als von Philistos Dion. I. 22, und nur der
Anführer Sikelos, welcher aufs neue die innige Verbindung beider Völker
bestätigt. Aber, erwiedert man, wie sind die pelasgischen Sikuler in Athen,
und der König der Sikuler in Epirus zu erklären? Auf folgende Weise,
wie ich glaube, vorausgesetzt, daß wir Pausanias Zeugniß und die Worte
des Scholiasten als gültig anerkennen. Daß die Pelasger mit den Sikulern
in mannigfacher Verbindung gestanden, ist unzweifelhaft, und wird von Dionysius selbst bestätigt. Daß sie dieselben eine Zeitlang beherrscht haben, ist
als geschichtlich anzusehen. Daß Sikuler und Pelasger aus den Wohnsitzen, welche sie gleichzeitig inne gehabt, ausgewandert seien, ist Thatsache.
Wie leicht war es nun möglich, daß die Pelasger aus Sicilia oder Sicania
Sikuler genannt werden, sowohl als sie Tyrrhener von der Landschaft Tyrrha
hießen? Daß diese ausgewanderten Schaaren sowohl nach Athen als nach
dem alten Heimathlande ziehen konnten, davon wird man die Möglichkeit
wenigstens nicht läugnen, wie dieses auch von den Gegnern selber angenommen wird. Die Sikuler am adriatischen Meere, welche mit den Liburnern
vermischt waren, werden eben so leicht aus einer westlichen, als einer östlichen
Einwanderung erklärt, und wenn sie Skylax Kelten zu nennen scheint. §. 18.

Lydien [42]), ist von dort ein Jahrhundert vor dem trojanischen
Kriege ausgezogen, und ist in Italien gelandet, hat die rohen
Sikuler aus dem Lande zwischen Arnus und dem Tiberstrom

μετὰ δὲ Τυῤῥηνούς εἰσι Κελτοί, ἔθνος ἀπολειφθέντες τῆς στρατείας ἐπὶ
στενῶν μεχρί Ἀδρίου, so hat er sie wenigstens nicht für Pelasger angesehen,
während sie Plinius bestimmt von den Kelten scheidet. l. l. III. 19. Umbri
eos expulere, hos Etruria, hanc Galli. Daß nun bei keltischen und
germanischen Stämmen überhaupt ein Drängen nach dem Süden seit dem
Anfang der Geschichte bestanden habe, ist unverkennbar. Die Einfälle der
Kelten in Iberien scheinen auch die dortigen Völker in Bewegung gesetzt zu
haben, so daß sie nicht nur die Inseln, sondern auch Italien bedrohten. Daß
die Ligurer nach Italien vorgedrungen sind, kann man nun freilich nicht in
Abrede stellen, aber von den Sikanern möchte man es gerne, der Theorie
zu Liebe, bezweifeln, und ein Volk anderen Stammes unter diesem Namen
unterschieben. Sahen jene Kritiker nicht ein, daß je größere Ausdehnung
sie dem Namen Pelasger gaben, desto mehr dieser Begriff von seiner Wesen=
heit verliert? Was endlich die Verbindung der Sikuler in Unteritalien mit
den Morgeten und dem König Italus betrifft, so kann sie nicht auffallender
genannt werden, als dieselbe Erscheinung in Latium, wo mitten im Gebiet
der Sikaner pelasgische Städte gegründet wurden. In wie weit eine Ver=
schmelzung beider Elemente stattgefunden, läßt sich nicht bestimmen, aber
daß ein Volk ganz verschiedenen Stammes nach dem Lande, das es bewohnt,
eine neue Bezeichnung erhält, ist eine so gewöhnliche Erscheinung in der
Geschichte, daß darüber weiter kein Wort verloren werden darf.

[42]) Es ist eine undankbare Arbeit, die zahllosen Hypothesen über das
Verhältniß der tyrrhenischen Pelasger zu den Etruskern mit einer neuen zu
vermehren, allein es muß uns wenigstens gestattet sein, unsere Ueberzeugung
auszusprechen. Wir behaupten also mit Ottfried Müller die bei den Alten
allgemein angenommene Einwanderung von Lydien, weil wir die Gegengründe
des Dionysius für ungenügend halten und die Ueberlieferung, wie sie bei
Herodot gefunden wird, rechtfertigen zu können glauben. Ohne Zweifel hat
die Herleitung des Namens von Tyrrha in Lydien oder Lykien sehr viel An=
sprechendes und muß grammatisch als durchaus begründet erscheinen. Nun
findet sich aber bei Steph. Byz. s. v. auch eine Stadt Tyros in Lydien und
Pisidien, und es ist wohl keinem Zweifel unterworfen, daß die Phönicier bei
ihrem Streben, ihren Handel in Vorderasien auszubreiten, auch an den
Küsten von Lydien und Pisidien Niederlassungen und Factoreien werden ge=
gründet haben. Ja wir möchten die vorausgeeilte Entwicklung der Lydier
diesen Einflüssen zuschreiben. Nehmen wir nun an, daß eine frühere phöni=
cische Colonie, die dort ein neues Tyrus gegründet hatte, aus irgend einer
Veranlassung sich nach dem Westen wandte, wo ihre Stammgenossen auf

verbrängt, hat die Schrift und die Kunst des Orients nach dem fernen Westen hingebracht und mit den Pelasgern zu einem Volke verschmolzen, eine neue Phase der Entwickelung des

den Inseln Sicilien und Sardinien bereits sehr ausgebreitet waren, sich an der Tiber mit den schon in Lydien vorgefundenen Pelasgern vereinigten, so erklärt sich der Name, der unverkennbare orientalische Charakter etruskischer Kunst, und namentlich das feindliche Verhältniß der tyrrhenischen Pelasger gegen die Hellenen, wovon Handelseifersucht die Grundlage bildeten. Dadurch wird dann auch allein klar, wodurch die Pelasger in dem Lande zwischen dem Arnus und dem Tiberstrom ein von allen andern Völkern verschiedenes Gepräge erhalten hatten. Denn wenn wir auch überzeugt sind, daß die Pelasger in Italien ihr ursprünglich angestammtes Wesen treuer bewahrten, als dieß in Hellas gegenüber der raschern Entwicklung des hellenischen Volkes möglich war, so wird dennoch die etruskische Bildung von Niemand als reines Erzeugniß pelasgischen Wesens und Geistes betrachtet werden, indem gerade ihre Besonderheit auch ganz eigenthümliche Wirkungen und Einflüsse voraus= setzt. Deßwegen kann weder die Ansicht des Hellanicos befriedigen, welcher die Pelasger in Italien Tyrrhener genannt wissen will, noch die entgegen= gesetzte des Myrsilos, welcher als ursprüngliche Benennung den tyrrhenischen Namen gelten läßt, den sie erst auf ihren Wanderungen mit dem Namen Πελασγοί vertauscht hatten. Wenn sie aber, wie Dionysios annahm, von den Pelasgern ganz verschieden waren, so begreift man nicht, wie sie ein einheimisches Volk heißen konnten, weil denn doch früher Sikaner, später aber die Pelasger dort gewohnt hatten. Auch sind offenbar die Gründe gegen die Einwanderung aus Lydien sehr schwach und unzureichend. Die Verschiedenheit der Sprache kann nach einer Trennung, die vor mehr als einem Jahrtausend stattgefunden, nichts beweisen. Eben so wenig die völlige Verschiedenheit in Sitten und Gebräuchen, welches eben die Folge einer ganz verschiedenen Entwicklung ist. Das Stillschweigen des Geschichtschreibers Xanthos kann auch nicht maßgebend sein, da wir den Plan seines Geschichts= werkes nicht kennen. Ja nach unserer Ansicht war eine solche Erwähnung nicht einmal zu erwarten gewesen, weil sie das lydische Volk im engern Sinne des Wortes nicht berührten. Sehr wichtig dagegen ist die Angabe, daß der einheimische Name des Volks Rasena sei, nach dem Namen eines Anführers. αὐτοὶ μένοι σφᾶς αὐτοῖς ἀπὸ τῶν ἡγεμόνων τινὸς Ῥασένα τὸν αὐτὸν ἐκείνῳ τρόπον ὀνομάζουσιν. Damit ist zu vergleichen Justin. XX. 5. Tusci quoque, duce Rhæto, avitis sedibus amissis, Alpes occupavere et ex nomine ducis gentes Rhætorum condidere. und Liv. V. 33. Alpinis quoque ea gentibus haud dubie origo est, maxime Raetis, quos loca ipsa efferarunt, ne quid ex antiquo praeter sonum linguae, nec eum incorruptum retinerent. Welche Stellen die Ver=

helleuisch-römischen Stammes hervorgebracht. Doch daß dieses asiatisch-hellenische Mischvolk jene innere Kraft gewann, welche seine Herrschaft weit über die ursprünglichen Grenzen Etruriens nach Ober- und Mittel-Italien erweiterten, das verdankte es einer abermaligen Verjüngung, welche nach etruskischer Berechnung 300 Jahre vor Roms Gründung oder um 1044 das Volk erfuhr. Wie die Tyrrhener in Verbindung mit den

wandtschaft der Rhätier und Etrusker bestätigen, und nur darin abweichen, daß sie die rhätischen Völkerschaften von den Tuskern, nicht die Etrusker von den Rhätiern herleiten. Ohne nun auf das Unnatürliche aufmerksam zu machen, daß ein besiegtes Volk eine Gebirgsgegend in Besitz genommen, so ist schon die Bewegung selbst eines südlichen Volkes gegen ein nördliches Gebirge hin im Widerspruch mit dem, was sonst geschieht und es könnte höchstens dieser Rückzug als eine Zuflucht zu Stammverwandten erklärlich scheinen, womit die in der Po-Ebene vordringenden Kelten die Verbindung unterbrochen hatten. Liv. l. l. Penino deinde Boji Lingonesque transgressi, cum jam inter Padum atque Alpes omnia tenerentur, Pado lintribus trajecto non Etruscos modo sed etiam Umbros agro pellunt; intra Apenninum tamen se tenuere. Justin. l. l. (Galli) cum in Italiam venissent, sedibus Tuscos expulerunt et Mediolanum, Comum, Brixiam, Veronam, Bergomum, Tridentum, Vicentiam condiderunt. Daher auch bei Steph. Byzant. s. v. Ῥαῖτοι Τυρρηνικὸν ἔθνος. Strabo hingegen pag. 216. scheint allerdings eine frühere Besitznahme durch die Barbaren (Dunker meint Ligurer) anzunehmen, indem er das Vordringen der Tyrrhener als eine Eroberung von jenen darstellt. Nachdem er nämlich von der fortwährenden Eifersucht der Umbrer und Etrusker geredet, welche zu ununterbrochenen Kriegen sich äußerte, fügt er hinzu: Καὶ δὴ καὶ τῶν Τυῤῥηνῶν στειλάντων στρατείαν εἰς τοὺς περὶ τὸν Πάδον βαρβάρους καὶ πραξάντων εὖ ταχὺ δὲ πάλιν ἐκπεσόντων διὰ τὴν τρυφὴν, ἐπεστράτευσαν οἱ ἕτεροι τοῖς ἐκβαλοῦσιν. εἶτα ἐκ διαδοχῆς τῶν τόπων ἀμφισβητοῦντες, πολλὰς μὲν κατοικίων τὰς μὲν Τυῤῥηνίας ἐποίησαν, τὰς δὲ Ὀμβρικάς· πλείους δὲ τῶν Ὀμβρικῶν. ἐγγυτέρω γὰρ ἦσαν. Aus dieser Darstellung scheint hervorzugehen, daß Strabo eine frühere keltische Besitznahme denkt durch Bojer, Insubrer, Sennonen, Gaesaten, über welche dann die Etrusker Vortheile errungen, und Städte gründeten, später aber selbst wieder weichen mußten, bis die Kelten im Kampfe mit den Römern unterlagen, wodurch freilich für die älteste Zeit nichts entschieden wird; die Behauptung, daß die Rasenische Eroberung 290 v. Rom stattgefunden, habe ich von Abeken entlehnt, S. 22. Es ist der Zeitpunkt, welchen Müller nach den heiligen Büchern der Etrusker für die Entstehung des etruskischen Staates festsetzt,

Pelasgern vorzugsweise die Sikuler bedroht, so brach dieser
Sturm gegen die Umbrer los, denen die Eroberer nach Catos
Zeugniß, dreihundert Städte entrissen haben sollen. Aus
dem Norden kamen neue Schaaren, Rasena war ihr Name,
die Berge Rhätiens waren ihre Heimath, sie waren, wie ich
mit Johannes von Müller glaube, nordischen Stamms[43]),
Gallier können sie nicht sein, denn von diesen wurden sie ver-

und den Abesen, wie mir scheint, richtig auf die eigentliche Constituirung
des etruskischen Volks durch die Rasenische Besitznahme bezieht.

[43]) Die Nationalität der Rhätier ist darum schwierig zu bestimmen,
weil alle positiven Grundlagen der Forschung fehlen und der Name Kelten
selbst zweideutig ist. Erstens sind Gebirgsländer überhaupt, wie schon oben
bemerkt wurde, Pflegerinnen verschiedener Volksthümlichkeiten, welche daselbst
oft nur durch kleine Zwischenräume getrennt sind. Dann ist auch der heutige
Zustand dieser Länder von der Art, daß wir derselben Mischung be_nen,
indem Germanen und Kelten in bunter Mischung sich durchkreuzen. Gegen
die keltische Abstammung scheint aber erstens die alte Feindschaft zu sprechen,
welche namentlich zwischen Rhätiern und Helvetiern bestand. Strabo p. 206.
Ed. Alm. und die Verläugnung aller Menschlichkeit. Denn die Rhätier,
welche den Bodensee, wie den Comersee berühren, Strabo 193. 204. und
bis Verona und Comum reichen, p. 292. Ed. Alm. (wo sie an die Insubrer
stoßen) nahmen den ganzen Gebirgsstock ein, welcher vom Gotthard östlich
sich fortzieht bis zu den Tauriskern hin, daher Strabo auch die Lepontier
und Cammner zu ihnen zählt. p. 206. Andere fügt Plinius hinzu: Fertini
et Tridentini et Berunenses, Rhaetica oppida: Rhaetorum et Euga-
neorum Verona. Plin. N. H. III. 23. Aber auch er hält sie für Abkömmlinge der Tusker, Rhaetos Tuscorum prolem arbitrantur, a Gallis pul-
sos duce Raeto. Plin. l. l. III. p. 249. Ed. Bip. Die Verwandtschaft ist
nun wohl nach den Zeugnissen der Historiker unläugbar, aber ob nicht vielmehr das Verhältniß der Abstammung umzukehren sei, das ist die Frage.
Wenn nun die Verwandtschaft des Namens Rasena mit Raeti nicht ge-
läugnet werden kann, und doch die Tusker selbst nach einem Anführer sich
diesen Namen gaben, Dion. I. 30., so hat Niebuhr wohl mit Recht eine
Abstammung von den nördlichen Gebirgsbewohnern angenommen, wenn auch
die daraus hergeleiteten Folgerungen jetzt wohl von allen Einsichtsvollen
zurückgewiesen werden. Wenn H. Dunker Origines Germaniae p. 67. den
Namen Rhäter auf keltische und ligurische Völkerschaften reducirt, und allen
Zusammenhang zwischen Rhäter und Tusker läugnet, so wird ihn Niemand
um eine Entdeckung beneiden, die auf so leichtem Wege gewonnen ward.
Wir folgen den Alten, welche dieselben als einen eigenthümlichen Volksstamm

drängt, und schwerlich waren damals diese schon Meister des
Gebirgs. Dagegen hatte Cato griechisch redende Teutonen
als die ältesten Bewohner Pisas genannt, oder dessen Grün=
dung von einem Keltenkönig, Sohn des Hyperboreischen
Apollo hergeleitet [44]). Ebenso war die Kriegsart der Caraften
nach Teutonischem Brauch. (Virg. Aen. VII, 741). Doch nicht
diese vielleicht zufälligen Einzelheiten sollen als Beweise gelten,
sondern das ganze Wesen des Etruskischen Staats und der
Etruskischen Religion. Im Norden war der geweihte Sitz der
Götter [45]); von dorther sandte die höchste Gottheit ihre Blitze;
nordisch ist der trübe, finstere Geist der Etruskischen Religion;
nordisch die Ausbildung der Aristokratie, die strenge Leibeigen=
schaft; nordisch das Sinnvolle und Bedeutsame in der Kunst.
Nicht daß ich den nordischen Eroberern einen schöpferischen
Einfluß in Kunst und Wissenschaft gestatten wollte, aber die
Gedankenwelt des besiegten Volkes haben sie umgestaltet. Sonst

behandeln. Von den Neuern hat Zeus anerkannt, daß die Euganeer um den
Garbafee, die Triumpilini und die Camuni nicht celtischer Abkunft sind.
Diese rhätischen Völker hatten einst, nach Strabo, Italien inne gehabt.
Λησόντιοι καὶ Τριδεντῖνοι καὶ Στόνοι καὶ ἄλλα πλεῖα μικρὰ ἔθνη κατ=
έχοντα τὴν Ἰταλίαν ἐν τοῖς πρόσθεν χρόνοις λῃστρικά. Also nur, wenn
wir diese Angabe festhalten und die Rhätier mit den Tyrrhenern verschmolzen
denken, haben die Worte des Livius Sinn: Tusci trans Padum — omnia
loca, excepto Venetorum angulo, qui sinum circumcolunt maris us-
que ad Alpes tenuere. cfr. Polyb. II. 17. Ταῦτά γε τὰ μέδια τὸ πα=
λαιὸν ἐνέμοντο Τρφῆνοι, οἷς ἐπιμιγνύμενοι κατὰ τὴν παράδοσιν Κιλτοί.
Ebenso, wenn es bei Plin. III. 19. von den Umbrern heißt: Trecenta
eorum oppida Tusci debellasse dicuntur. Wenn nun ein Theil der
Rhätier nicht zum keltischen Stamme gehört, wenn die Calufonen geradezu
Deutsche genannt werden, Zeuss p. 236, wenn diese Straße, sowohl aus
Tirol nach Verona, als über den Gotthard nach Como recht eigentlich die
Straße für deutsche Heereszüge war von Alters her, so ist die Vermuthung
nur zu gegründet, daß germanische Schaaren, wie später Kimbern, Aleman=
nen, Gothen, Longobarden, Franken das Gebirge überstiegen, sich in Italien
verbreitet, und mit den Tuskern zu einem Volke verschmolzen sind. cfr. Müller
Etrusker. Bd. I. S. 103.

[44]) Serv. Aen. X. 179. Ottfr. Müller S. 94. Abeken.

[45]) Müller, Etrusker B. III. p. 126, 129, 131.

treten sie, wie immer kriegerische Stämme gegenüber einem ge-
bildeten Geschlecht, als gelehrige Schüler oder als Erben das
geistige Besitzthum an, das ein thätiges, gewerbsames Han-
delsvolk in Verbindung mit hellenischen Elementen errungen
hatte. Hellas und Italien sind durch ein unauflöslich Band
verknüpft, aber ihre Bestimmung war verschiedener Art. In
Italien sollte das Volk herangebildet werden, welches das
Wissen, die Kunst den Glauben und die Sitte der alten Welt
den spätern Geschlechter bewahren und über den weiten Erd-
kreis verbreiten sollte. Darum mußten sein Eigenthum die
Tugenden der Herrscher sein: Tapferkeit, Gerechtigkeit und jene
allumfassende Geistesrichtung, die das Spröde und Heterogene
seinen Zwecken anzupassen weiß. Diese wird gewonnen durch
die Berührung mit dem Verschiedenartigen und geistigen Ver-
kehr mit dem Vorzüglichsten. Diese Gunst ist ihm geworden.
Ein kräftiges, genügsames Geschlecht, das seine Heerden wei-
dete und den Acker baute, hat im Herzen des Landes Besitz
genommen, und den Grund zu einer neuen Entwickelung ge-
legt. Gestählt wurde seine Kraft durch die von Westen an-
bringenden Kelten und Iberen, welche als Ligurer und Sikuler
die Küste und das rückwärtsliegende Gebirg bis zum Tiberstrom besetzten. Mildere Sitte dagegen und die ersten Anfänge
der Kunst, edlere Güter, brachten die aus Hellas von Süden
und Osten einwandernden Pelasger, welche Städte gründeten
und staatliche Entwickelung schufen. Aber auf festem Grunde
ruht nur das Staatsgebäude, das auf lebendigen Glauben
an die Macht der Götter, auf Frömmigkeit und strenger Zucht
gegründet ist. „Nur der Glaube eines innigen Zusammen-
hangs mit der unsichtbaren Welt giebt jene Zuversicht der
Ewigkeit, wie sie den Herrschern der Welt geziemt.“
Diese innige, völlige Durchdringung des staatlichen Or-
ganismus durch den Glauben, diese Gottesverehrung, welche
das gesammte Volksleben beherrscht und trägt, hat sich, wie
bei mehreren Völkern des Orients, so im gemeinen Wesen

der Etrusker dargestellt, und ist nach Art und Sitte des Volks
verschieden, tief in das Bewußtsein der Römer eingedrungen.
Wenn es wahr ist, was Cicero behauptet, daß je näher ein
Volk dem Ursprung steht, desto tiefer und lebendiger sein
Wissen von der Gottheit ist, so konnte diese Weisheit nur
aus dem Oriente kommen. Und so sind von gelehrten Männern die Sagen von den Pelasgischen Tyrrhenern gedeutet worden. Er scheint die Bestimmung dem Morgenland gegeben,
nicht nur die ersten Strahlen ahnungsvoller Weisheit dem
Abendland zu senden, sondern auch von Zeit zu Zeit durch
großartige Bewegungen das ursprüngliche Bewußtsein der
Menschheit zu erwecken und zu beleben. Und nicht nur Assyrer,
Babylonier, Aegypter, Phönicier haben mit ewigen Schrift-
zügen das Gedächtniß ihres Namens in die Jahrbücher der
Geschichte eingegraben, auch die vorderasiatischen Völker haben
für den Westen eine hohe Bedeutsamkeit. Karier, Lydier,
Myster haben sich als ein Brudervolk betrachtet, in Mylassa
in Karien feierten sie das Bundesfest [46]). Die Karier waren
einst weit über das ganze ägeische Meer bis nach Aetolien
verbreitet, bis Minos Scepter sie zum Gehorsam zwang; die
Myster, in Verbindung mit den Teukrern, hatten lange vor
dem trojanischen Krieg einen großen Heereszug gegen Europa
unternommen, waren über den Bosporus gesetzt, hatten ganz
Thrakien durchzogen und unterjocht, waren bis zum Peneios
in Thessalien und bis zum jonischen Meere vorgedrungen [47]),
und hatten so der spätern troischen Colonie den Weg gebahnt.
Aus Lydien sind die Tyrrhener ausgezogen, welche mitten im
Abendland jenen wundersamen Bau morgenländischer Staats-
weisheit gegründet, der feste Wurzeln schlug, weil er einmal
mit den vorgefundenen hellenisch-italischen Elementen sich ver-
schmolz, sodann weil er aus dem Norden ein unverdorbenes

[46]) Herod. I, 171.
[47]) Ibid. VII. 20.

Geschlecht aufnahm, das mit der Priesterweisheit den reinen
Sinn, Verstandestiefe und die Thatkraft verband. Es ist dieß
die Bestimmung der Germanen gegenüber dem hellenisch-römi-
schen Christenthum gewesen, es ist die Bestimmung der Rasena
gegenüber altpelasgisch-tyrrhenischem Götterdienst. So hat
das Schicksal es gefügt, daß in Italien frühzeitig alle Elemente sich zusammenfinden sollten, durch deren Bekämpfung
die spätere Macht des römischen Reiches gegründet worden ist.

Wenn nun endlich gegenüber dem Sagengewirre und den
verschiedenen Angaben und Berichten Jemand fragen wollte,
was als Ergebniß der Untersuchung als geschichtlich begründet erscheinen möchte, so will ich noch mit kurzen Umrissen
das Thatsächliche über die Entwickelung der ältesten Völker-
bewegungen in Italien darlegen.

Als Urbewohner Italiens finden wir im Norden die Umbrer,
im Süden die Ausoner, Aurunker, Opiker, Osker. Ob die Umbrer
nördlich bis zum Padus sich erstreckt, bleibt dahin gestellt, im
Süden mochte Reate im Gebirg in der Ebene Narnia die Grenze
bilden. Von da an bis zu der südlichen Spitze Italiens hinab
haben die ausonischen Völker das Land besetzt. Ueber die verwandt-
schaftlichen Beziehungen beider Stämme läßt sich nichts Sicheres
bestimmen, wiewohl die Umbrer sich mehr den Kelten zu nähern
scheinen, die Ausoner dagegen in näherer Beziehung zu den
Hellenen stehen. Aber eine bestimmt ausgeprägte Volksthümlichkeit kann um so weniger angenommen werden, als das
Auftreten der Völker in eine Periode fällt, wo noch keine Entwickelung denkbar ist. Höchstens kann man der Ansicht bei-
pflichten, daß in zwei so nahgelegenen Ländern, wie Hellas
und Italien, eine gewisse Gleichartigkeit der Bevölkerung schon
durch die Natur geboten scheint. Uns genügt, daß keines von
beiden als eingewandert bezeichnet wird. Diese ältesten Be-

wohner Italiens werden frühzeitig durch Einwanderungen aus
ihren Wohnsitzen theils verdrängt, theils zur selbstständigen
Entwickelung geführt. Von Westen kamen vom Iberus her
die Sikaner, im Rücken von den Ligurern gedrängt; erstere
setzten sich im Tiberthale fest und den Anio hinauf; letztere
breiteten sich in der Ebene des Padus aus und besetzten die
Höhen der Appenninen bis nach Lucca hinab. Am Fuße der
Alpen mochten ihnen rhätische Stämme ein weiteres Vor-
bringen unmöglich machen. An der Südspitze Italiens haben
die Pelasger sich angesiedelt und eine frühzeitige politische Entwickelung ist von den Oinotrern, Chouern und Peuketiern berichtet. Aber die wichtigsten Veränderungen bereiteten sich im
Mittelpunkte Italiens vor. Dort im Hochgebirg, von 43°
bis 42° nördlicher Breite ist ein Laubstrich, den die beiden
parallelen Bergzüge des Appennin umgrenzen, der östliche mit
den majestätischen Höhen der Sibylla (mons Fiscellus) und
des Gran Sasso d'Italia, hoch 8255 Fuß, der westliche, das
sogenannte Sabinergebirg[48]) mit den Höhen des Monte Gen-
naro (Lucretilis) Pennechio, Pietra Demine. Beide Berg-
ketten werden durch dazwischen liegende Höhenzüge verbunden.
Nördlich zieht sich der Terminello (die Lionessa) von Osten
nach Westen hin, ihm gegenüber die hohe Nuria, und weiter unten der Velino, deren hohe Häupter einen Ueberblick
der zerrissenen Hochebene und ihrer Thalgewirre gestatten.

Mehrere Flüsse: Nar, Velinus, Liris, Aternus winden
sich mühsam durch die Schluchten hin, durchbrechen an man-
chen Stellen die Felswände des Gebirgs und eilen dann in
verschiedenen Richtungen theils dem tyrrhenischen, theils dem
abriatischen Meere zu. In diesem hohen Alpenland, dessen
üppige Weiden unzähligen Heerden Futter geben, dem Mittelpunkt Italiens, taucht der Name eines neuen Volkes auf, der
Aboriginer. Damit wird nicht ein verschiedener Volksstamm

---

[48]) Virg. Aen. VII. 713. qui Tetricae horentes rupes montemque
severum Casperiamque colunt.

eingeführt, sondern es scheint eine Benennung für Urbewohner zu sein, die zum ausonischen Stamme zählten, denn zu den Umbrern stehen sie im feindlichen Verhältniß. Von den dreißig Städten, die sie einst bewohnt, haben nur wenige Namen sich erhalten; schon Varro sah sie nur in Trümmern; selbst von der Hauptstadt Lista, die, wie es scheint, zwischen Amiternum und Reate lag, sieht man fast keine Spur. Auch die schwimmende Insel auf dem See Cutilia ist verschwunden, und nur die geschichtliche Erinnerung und die Erhabenheit der Natur, in diesem Theil der Abbruzzen hat in neuerer Zeit wieder die Aufmerksamkeit auf dieses fast vergessene Hirtenland gerichtet. Aus diesen Thälern wurden die Umbrer von den Aboriginern verdrängt, die, wie es scheint, aus dem Süden kamen, und immer weiter gegen Norden und Westen sich auszubreiten suchten. Denn es war bei ihnen, wie bei vielen andern Völkern von Italien und Altgriechenland, Sitte, wenn Mißwachs im Lande war oder irgend ein anderes Mißgeschick die Einwohner verfolgte, Alles, was in einem bestimmten Jahre gewachsen und geboren war, der Gottheit zu weihen, die sie versöhnen wollten. Der Ertrag der Felder und das Vieh wurde dann geopfert; die Kinder hingegen zog man groß, bis sie erwachsen und erstarkt waren. Dann wurden sie mit allem Nöthigen versehen und ausgesendet, eine neue Heimath sich zu suchen. Das nannte man den heiligen Frühling (ver sacrum), die Ausgesendeten (Sacrani), welche unter dem Schutze der Götter, denen sie geweihet waren, immer mehr in der Ebene Fuß gewannen, und wie früher gegen die Umbrer, später gegen die Sikuler vordrangen und neue Städte gründeten: Antemnä, Tellenä, Ficulnea an den Korniculanischen Bergen, und Tibur in dem Thal des Anio. Aber diese Erfolge wurden nicht ohne großen Widerstand errungen. Das Vordringen der Aboriginer erzeugte einen langen, blutigen Krieg, wie ihn Italien nie vorher gesehen, dessen Andenken keins der spätern großen Ereignisse hat verwischen können.

Aber die Erfolge der Gebirgsbewohner wurden noch entschie-
dener, seit die Pelasger aus Epirus mit den Aboriginern sich
vereinigt hatten. Mochte sie Stammverwandtschaft vereinigt
haben oder eine andere Ursache sie zusammenführen, sie traten
in ein Waffenbündniß und behaupteten sich nicht nur gegen
ihre gemeinsamen Feinde, die Sikuler und Umbrer, sondern
eroberten sogar die Stadt Kroton mitten im Lande Umbrien
und an der Küste Agylla, Pisa, Alsium, Saturnia, außerdem
Falerii und Fescennia, welche alle früher im Besitz der Sikuler
gewesen waren, aber noch später Spuren griechischer Bewohner zu bewahren schienen. Ja selbst bis nach Kampanien in's
Land der Aurunker drangen sie vor und gründeten dort ein
neues Larissa, welches zwischen Capua und Sinuessa am
Vulturnus lag. Diese siegreichen Fortschritte der vereinigten
Aboriginer und Pelasger hatten nun ohne Zweifel die Verdrängung der Sikuler zur Folge, eine geschichtliche Thatsache,
welche durch Thukydides Angabe über allen Zweifel erhaben
ist. Was die Verschiedenheit der Zeitangabe betrifft, welche
zwischen Hellanicus und Thukydides besteht, indem jener die
Bewegung drei Menschenalter vor dem trojanischen Krieg,
dieser nur 300 Jahre vor die ersten Niederlassungen der Hellenen in Sicilien setzt, also 1056, so möchten damit gerade
der Anfangs- und der Endpunkt dieser über drei Jahrhunderte
dauernden Bewegung bezeichnet werden, welches um so wahr-
scheinlicher wird, weil um 1040 auch die Gründung von
Cumä in Italien fällt. Aber auch die Pelasger konnten keine
dauernde Herrschaft in dem eroberten Lande gründen. Sei es,
daß Landplagen, Dürre, Mißwachs, Pestilenz das Land
verheerte und entvölkerte, oder daß die unterdrückten Ureinwohner sich gegen ihre Herrscher erhoben, diese erkannten den
Zorn der Götter und verließen in Schaaren das Land; so
daß bis auf Kroton und einige wenige Punkte ihre Spur
verschwand. Aber wenn auch ihr Name nicht mehr gehört
wurde, wenn ihre Herrschaft ein Ende nahm, so haben sie

dennoch Denkmäler ihres Daseins hinterlassen, welche noch jetzt der Zerstörung trotzen und auf jeden Fall alle Zeugnisse der Schriftsteller weit überwiegen. Das sind die Trümmer der Mauern jener uralten Aboriginer-Städte, Lista, Tiora, Batia, Palatium, Suna, Mefula, Issa, Orvinium, Medullia (vergl. Abeken S. 146). Wenn nun diese Auswanderung (nach Dionysius I. 26) zwei Menschenalter vor dem trojanischen Kriege begann, und auch nach jener Zeit noch fortdauerte, so fällt dieß Ereigniß mit der Gründung der tyrrhenischen Herrschaft in Italien zusammen, welches schwerlich zufällig erscheinen kann. Da nun aber die Namen Pelasger und Tyrrhener so in einander übergeflossen sind, daß sie fast gar nicht getrennt werden können, so muß wohl eher eine Verschmelzung beider Völker als eine Vertilgung des einen durch das andere angenommen werden. Wie denn überhaupt die Vertilgung von Völkern allmälig als das anerkannt wird, was sie ist, nämlich ein Wechsel der Herrschaft, der allerdings stattgefunden zu haben scheint. Wenn im Tiberthale die Erzählung vom Zug des Heracles auf hellenische Niederlassungen schließen läßt, so hatten nördlich von der Tiber andere Einwanderer sich niedergelassen, die Tyrrhener, deren Vaterland, Name und Verhältniß zu andern Völkern die Geschichtschreiber seit uralten Zeiten beschäftigt hat. Einige hielten sie für Ureinwohner Italiens und leiteten ihren Namen vom Thurmbau her, wodurch sie freilich nicht in rechten Gegensatz weder zu den Pelasgern noch zu den Opikern treten würden, welche nach Abeken auch vom Bauen ihren Namen erhalten haben sollen (vergl. S. 128 des angeführten Buches). Doch diese Annahme hat am wenigsten Beifall gefunden, und weit eher ließ sich noch die Ansicht hören, daß zwischen Tyrrhenern und Pelasgern kein wesentlicher Unterschied bestehe, und etwa nur durch die Zeit getrennte Einwanderungen desselben Volksstammes bezeichne. Dafür hatten sich Hyginus und Varro ausgesprochen (**Serv. ad Aen. VIII. 600**). Aber auch dadurch wird weder die Eigenthümlichkeit etruskischer Kunst und Sitte hinlänglich erkläret, noch sind damit die Zeugnisse der alten Schriftsteller zu vereinigen, welche eine Einwanderung aus Lydien berichten, während der Name Rasena nach Norden hinzuweisen scheint. Wiewohl nun Dionysius die Lydische Einwanderung für nicht begründet hält, so hat er doch selber die Widersprüche auf keine Weise zu lösen gesucht, und nur die Verschiedenheit der Pelasger und Tyrrhener behauptet. Da indessen wenigstens eine Verwandtschaft der Sprache zwischen Etruskern und Rhätiern nach den Zeugnissen der Schriftsteller besteht, so scheint diejenige Darstellung den Vorzug zu verdienen, welche auf die verschiedenen Angaben der Schriftsteller die meiste Rücksicht nimmt. Also die Grundlage der Bevölkerung im Lande, nördlich von der Tiber, bleibt pelasgisch, in so fern die Auswanderung, von welcher berichtet wird, eher auf Latium und Campanien sich zu beziehen scheint. Zu diesen bereits vorhandenen Pelasgern kommt eine neue Einwanderung von Stammgenossen aus Vorderasien mit orientalischem Charakter und an Bildung, Kenntnissen und Entwickelung den italischen Pelasgern weit überlegen, daher Name und Herrschaft an die neuen Einwanderer übergeht[49]). Ob nun die Tyrrhener, wie Lepsius wollte, auf dem Wege der frühern Einwanderer über das adriatische Meer gekommen und somit von Norden her sich über Etrurien verbreitet, wodurch ihr frühzeitiges Erscheinen im Pothale und ihr Verhältniß zu den Umbrern erklärlicher wird, oder an der Küste Etruriens gelandet, wird sich schwerlich ermitteln lassen. Kurz der pelasgische Stamm erhält durch diesen Zuwachs mehr Festigkeit und eine raschere Entwickelung als andere Stammgenossen. Wenn wir nun die Lydische Einwanderung kurz vor die Trojanischen Zeiten setzen, wie denn Tyrrhenos ein Sohn des Heracles und der Omphale genannt wird, so läßt sich dieß sehr

---

[49]) Victi omnes in gentem nomenque imperantium concessere.

wohl mit der andern Angabe vereinigen, welche die älteste Einwanderung der Pelasger etwa ein Jahrhundert früher eintreten läßt. So findet Aeneas bei seiner Ankunft in Italien nicht nur die Herrschaft der Tyrrhener schon begründet, sondern schon sogar theilweise Reaction gegen das lästige Joch, so daß der Fremdling als Befreier des tyrrhenischen Volks gegen seine Unterdrücker erscheint (Aen. VIII. 480. 603). Die Städte Clusium, Cosa, Populonia, Ilva, Pisa, Cäre, Pyrgi, Mantua sind im vollen Aufstand und vertrauen den Oberbefehl über die vereinigten Streitkräfte dem trojanischen Fürsten an (Aen. IX. 167. 214). Mußte schon das Erscheinen der Trojaner dem Vordringen der Tyrrhener auf dieser Seite ein Ziel setzen, so wirkten nicht weniger die gleichzeitigen hellenischen Niederlassungen, welche in Folge der innern Zerrüttung nach dem trojanischen Kriege eine Menge Abentheurer nach dem Westland hinführten. Dem sei nun wie ihm wolle, so finden wir damals den Schauplatz der Thätigkeit der Tyrrhener vorzüglich nördlich von den Appenninen, wo sie theils gegen Umbrer, theils gegen ligurische und rhätische Stämme in ununterbrochenen Kämpfen begriffen waren. Dieß führte endlich die letzte Katastrophe eines neuen Wechsels der Herrschaft herbei, in so fern jene nordischen Alpen-Völker, die Rhätier, aus Unterthanen und Unterdrückten glückliche Sieger wurden, welche durch ihre rohe Tapferkeit die feinere Bildung und Sitte eines Handelsvolkes überwanden, um selbst wieder durch diese Cultur bezwungen zu werden. So wenig also Capua durch die samnitische Eroberung, so wenig später Oberitalien durch die Eroberung der Longobarden seinen ursprünglichen Charakter verloren hat, so wenig ist das Wesen des etruskischen Staates durch die Herrschaft des rhätischen Alpenvolkes umgestaltet worden. Im Gegentheil durch die Verschmelzung mit einem nordischen Element erhält das etruskische Wesen mehr innere Kraft und Bestand. Und bedeutend

müssen ihre Streitkräfte gewesen sein, wenn sie fast ganz
Italien beherrschten, wie Cato behauptet hatte. Dreihundert
Städte der Umbrer hatten sie erobert; von dem Fuß der Alpen
und von den Küsten des adriatischen Meeres bis nach Campanien erstreckte sich ihre Herrschaft, wo Capua und Nola von
ihnen gegründet waren (Vell. Pat. I. 7). Das untere Meer
trug ihren Namen, ja Italien dem großen Theile nach ward
bei den Griechen mit dem Namen dieses Volkes umfaßt.
Darum singt der askraiische Dichter, daß des Odysseus und
der Circe Söhne, Telegonos, Agrios und Latinos ferne in
der Verborgenheit heiliger Inseln über die gesammten weit-
berühmten Tyrrhener gebieten. Ueberall haben sie die Stelle
der Pelasger eingenommen, so daß die Namen beider Völker
verschmolzen und dieselben abwechselnd Pelasger-Tyrrhener
oder Tyrrhener-Pelasger genannt werden. Daß nun nicht
bloß die örtliche Nähe zweier, wie Dionysius annimmt, ganz
verschiedener Völker, diesen Doppelnamen erzeugt hat, sondern
daß auf jeden Fall eine engere Beziehung vorausgesetzt werden
muß, leuchtet von selbst ein. Sehr richtig hat Hellanieus die
Entstehung des neuen Namens von dem Aufenthalt in Italien
hergeleitet, d. h. als erst nach jener Zeit entstanden angesehen.
Auf der andern Seite ist unleugbar, daß Lokalursachen nicht
die völlige Verschiedenheit der Sitte, der Verfassung und des
Cultus zugeschrieben werden darf. Ein orientalisches Gepräge
oder deutlicher gesprochen, einen ägyptischen Charakter trägt
anerkannter Weise die älteste Kunst des Volkes, und morgenländischer Einfluß kann nicht geleugnet werden. Die Verwandtschaft
vieler Einrichtungen mit den Sitten der Lyder ist nachgewiesen
worden; aus diesem Lande leitete sie die alte Sage her, welche
Herodotos wie viele andere beigepflichtet hatten, welche über
den Ursprung der Tyrrhener geschrieben. Mag man nun einen
bestimmten Typus der Kunst an ein gewisses Zeitalter und
eine bestimmte Stufe menschlicher Entwickelung nothwendig
geknüpft glauben, oder eine direkte Verbindung der Tyrrhener

mit dem Morgenlande annehmen, genug, sie haben diesen eigenthümlichen Charakter in Italien ein Zeitlang festgehalten; es hat derselbe auf italischem Boden frische Keime getrieben, und um so origineller sich entwickelt, als die pelasgische Grundlage in Berührung mit keltisch=iberischen Elementen trat, welche Sikuler und Ligurer enthielten, wozu noch die Ausbreitung im Lande der Umbrer kam. Aber schwerlich möchte dieß genügen, um jenen Anflug nordischen Geistes zu erklären, welcher im Cultus, in religiösen Ueberlieferungen und in Ver= fassungsformen sich ausgesprochen hat. Daher ich nicht an= stehe, der Annahme einer nordischen Eroberung beizupflichten, welche aber nicht, wie Niebuhr annahm, die Quelle jener eigenthümlichen Geistesrichtung war, sondern das Erbtheil einer aus hellenisch=orientalischen Elementen gemischten Bil= dung übernahm und zu der künstlerischen Entwickelung nordi= schen Ernst, einen finstern Geist der Religiösität, Gedankentiefe und leibliche Tüchtigkeit gebracht. Ein solches Volk sind die von den Alten durch ihre eigenthümliche Bildung vor andern Völkern ausgezeichneten Etrusker, welche Werke der Kunst nach ägyptischen Typus schufen, welche in der Schrift den Charakter des Orients bewahrten, und eine Macht des Priester= thums bildeten, wie kaum die katholische Kirche des Mittel= alters je gesehen; welche trotz reger Handelsthätigkeit und eifriger Pflege der Kunst das ganze Leben in die Fesseln eines strengen Ceremoniendienstes bannten; eine wundersame Er= scheinung in der Weltgeschichte, wenn nicht Chinesen, Indier, Mexikaner eben so unauflösliche Räthsel uns entgegenhielten. Aber das Wunderbare, was die Gegenwart uns bietet, neh= men wir mit einer gewissen Ergebung an, und dürfen es wenigstens nicht bezweifeln; nur in der Vergangenheit ist das Außerordentliche verpönt. Wird nun jene nördliche Erobere= rung etwa 300 Jahre vor Roms Gründung gesetzt, so fällt sie mit der überlieferten Gründung von Cumä zusammen und mit dem Zeitpunkt, welchen Thukydides für die Verdrängung

der Sikuler gesetzt. Eine Erscheinung, welche nicht mehr be-
fremden kann, als die Vernichtung der etruskischen Macht
durch die Kelten in Gallia cisalpina und der successive Wechsel
germanischer Stämme in den eroberten Provinzen des römischen Reiches. Also das alt-pelasgische Element, in Hellas,
nachdem es seine Bestimmung erfüllt, dem Untergang geweiht,
ist unter dem Einfluß des Orients im Westen zu neuer Herr-
lichkeit emporgeblüht. Der nordische Eroberer gab dem Zer-
fließenden Dauer und Bestand. Der Süden bedarf von Zeit
zu Zeit der Kräftigung durch ein rauheres Element. Die
Fruchtbarkeit des Landes und die Reize des wärmern Himmel-
strichs, die schmeichelnde Lust der Sinne, die Schönheit der
Form bestechen, erschlaffen, und wirken zerstörend auf Seele
und Leib. Was würde das mittlere, was würde das neuere
Italien geworden sein, wenn nicht ein tiefer Zug der keltischen und germanischen Stämme immer frische Kräfte auf den
Kampfplatz führte? Also ein den Hellenen stammverwandtes
Volk oder vielmehr die ursprüngliche Grundlage des Hellenen-
thums selber ist unter verschiedenen Einflüssen von Ost und
Nord zu einer neuen Entwicklung gekommen, hat eigenthüm-
lich sich gestaltet, und auf benachbarte Völker, Umbrer, Latiner,
Osker eine tiefgehende Wirkung ausgeübt.

So hat Italien, von allen Seiten durch fremde Elemente
angeregt und entwickelt, durch Pelasger, Griechen, Troer,
Tyrrhener, Iberer, Kelten, Germanen bewohnt, erobert, beherrscht, sich zu jener allseitigen Mannigfaltigkeit entwickelt,
welche mit strengem Festhalten eines ursprünglichen Charakters
sich zur freien Aufnahme Alles dessen befähigte, was für seine
innere Entwickelung und Ausbildung heilsam und förderlich
erschien.

Die Ansicht Niebuhrs.

Trotz dem, daß der Name Niebuhrs vielen nicht nur als Aegide, sondern als Medusenhaupt gegen jede abweichende Meinung dienen muß, so ist dennoch die Zahl der Bewunderer, qui jurant in verba magistri, viel größer als die der Kenner; daher eine kurze Angabe der letzten Ansichten Niebuhrs über italische Bevölkerung nicht überflüssig erscheint. Auch Wissende werden die Gegenüberstellung des Bekannten, der Vergleichung wegen, nicht unangemessen finden. Wir legen dabei die Vorträge über alte Länder- und Völkerkunde, Berlin 1851, und über Römische Geschichte zum Grunde, welche auch wohl das letzte Wort Niebuhrs über diesen Gegenstand enthalten.

Nach ihm ist Ἰταλοι der ursprüngliche Name der Nation und davon abgeleitet Italia, das Land der Italer. Diese Italer befassen die Menge der andern Völkerschaften pelasgischen Stammes, die hier unter verschiedenen Namen, als Oenotrer, Peuketier, Daunier, Tyrrhener, Latiner, Liburner, Sikuler, bis an den Eridanos an beiden Küsten der Halbinsel wohnen, sei es daß sie ehemals die ganze Halbinsel bis zur Grenze Liguriens und dem Po inne hatten, oder nur den südlichen Theil und von dem nördlichen die Küsten.

Wenn man auf die frühesten Nachrichten eingeht, so kann man sagen, daß das Land, das begrenzt wird durch eine Linie von der Küste von Etrurien und Latium vom Liris und Vulturnus bis zu den Höhen, die über den Berg Vulturnus gehen und sich verlängern bis zum Rücken der Berge des

Garganus, im Süden ganz und gar von der italischen Nation bewohnt wurde. Diese war aber nicht hierauf beschränkt, sondern wie sie Latium und Etrurien bewohnte, so erstreckte sie sich auch nordwärts von Garganus unter dem Namen der Liburner, Pelasger, Sicilier bis an den Po. So müssen wir also Italien bewohnt denken in den frühesten Zeiten, zu denen wir hinaufsteigen können, ehe die Bevölkerung durch eine doppelte Einwanderung gedrängt wurde. Es drängte nämlich, wie in andern Gegenden, eine Völkerbewegung von Norden herunter, manche Völker in gesammter Masse, von andern ein Theil. Einige von den italischen Völkern wurden vertrieben, andere blieben, da die Sieger nicht so wild waren, daß sie nicht ruhig hätten unter ihnen leben können, und sie lieber stille Sitze haben, als herumziehen wollten. Das Volk, das diesen großen Impuls gegeben und die andern Völker aufstörte, sind ursprünglich die Etrusker. Wie weiter östlich die Illyrier sich von Norden her ausgebreitet hatten, so war es auch hier in Italien. Das Volk, das unmittelbar in die Sitze der Italer eindrängt, sie theils vertreibt, aber größtentheils blos unterjocht, sind die Opiker. Diese müssen in einem breiten Strich sich vorwärts schiebend gedacht werden; ihre Breite müssen wir uns vorstellen von der Tiber an, so daß das Land der Aequer, Marser, Peligner, das nördliche Samnium, das Land der Frentaner und das westliche Apulien von ihnen eingenommen ist. Damals wohnten sie noch weder in Campanien, noch im ganzen Samnium. Gedrängt von den Sabinern, dringen sie in das Land der Italer, überwältigen sie in ganz Daunien, so daß Daunien zu Apulien wird, in das südliche Samnium, Campanien und auch in Latium. —

Die Sabeller sind keine zahlreiche Nation und wo sie sich niederlassen, sind sie mehr herrschend, als daß sie die Bevölkerung sehr verändert hätten, was bei den Opikern anders gewesen zu sein scheint. In den Ländern, welche den opischen

Namen annahmen und welche ehemals zu den italischen gehört
hatten, erſetzte die opiſche Sprache die alte italiſche oder ſitu-
liſche. Als dieſelben Länder von den Sabellern genommen
wurden, waren dieſe zu wenig zahlreich, um die Sprache
wiederum zu verändern, ſondern ſie nahmen vielmehr ſelbſt die
opiſche Sprache an. — Es iſt ausgemacht, daß der Grund
dieſer Sprache vom eigentlich Sabiniſchen weſentlich verſchie-
den war.

Dieſer Volksſtamm der Pelasger, den wir bis nach Ligurien verfolgen können [1]), der auch die Küſten von Corſica und
Sardinien bewohnte, verſchwindet in der hiſtoriſchen Zeit als
Maſſe von Nationen, beſtand aber urſprünglich aus einer
Menge von Völkerſchaften, die verſchiedene Namen führen. Ein
ſehr weit verbreiteter Name für den Theil, der in Epirus, dem
ſüblichen Theil des heutigen Italiens, bis in Latium hinein
und bis an die Küſte des abriatiſchen Meeres wohnte, war
Sikuler, auch Vituler, Viteller, Vitaler, Italer genannt. Im nördlichen Italien, an den Grenzen von Lucanien
und Samnien, tragen die dort ausgegrabenen Münzen faſt
alle die Inſchrift Vitelia und eine Nachricht bei Suetonius
führt eine allgemein italiſche Göttin Vitellia an. Auf den
Münzen ſteht zum Theil eine eigenthümliche Darſtellung, ein
Stier mit einem Mannsgeſicht; die Alten geben zugleich die
Nachricht, daß Vitulus in der altitaliſchen Sprache nicht blos
Kalb bedeute, ſondern auch Rind. Alſo ſehe ich hier den
ſymboliſchen Ausdruck eines Heros und Archageten des Volks,
der bei den Griechen Italos, bei den italiſchen Völkern Vitel-
lius oder Vitalus hieß, und auf hieroglyphiſche Weiſe durch
den Stier auf den Münzen bezeichnet ward. (Vorträge über
Länder- und Völkerkunde. S. 321.)

Ob nun die Sabeller und Opiker von einander verſchie-
den waren, wie etwa Gallier und Ligurer, oder in einem
niederen Grade, wie Gallier und Kymren, oder ob ſie dem-

---

[1]) Röm. Geſch. Bd. I. 98.

selben Stamme angehörten und nur politisch von einander ge-
schieden waren, das sind Fragen, die wir nicht lösen können. —
Der allgemeinen Analogie nach nehme ich eine Völkerwanderung
in verschiedenen Strömen an, und so mögen auch die Sabiner
durch den ersten Impuls derselben aus dem höhern Norden
herabgedrängt sein. Doch ist dieß bloße Vermuthung. Zu
den Opikern mögen dem Stamme nach die Umbrer gehört haben.
(Vorträge über röm. Geschichte. S. 100. 101.)

Zu einer Zeit, die wir chronologisch nicht bestimmen können,
bestand in dem nachmaligen Latium, das aber vielleicht diesen
Namen von uralten Zeiten her trug, eine Bevölkerung von
Sikulern. — Unter demselben Namen finden wir es im südlichen Italien und auf der heute noch darnach benannten Insel.
Nach einer Sage ist Sikelos aus Latium zu den Onotrern gekommen, nach einer andern waren die Sikuler unter verschiedenen
Namen von den Opikern oder Ombrikern aus ihren alten
Wohnsitzen vertrieben und nach der Insel gezogen. Diese Wanderung deutet nur auf die Combination derer, die die gleich-
zeitige Existenz desselben Volkes in Latium und auf Sicilien
erklären wollten. Möglich ist die Wanderung, möglich auch,
daß sie in ganz verschiedener Richtung geschehen. Sicher ist,
daß Sikuler zur Zeit Homers in Süditalien existirten, dafür
findet sich eine Beweisstelle aus Mnaseas, einem Schüler des
Aristarchos, einem gelehrten Grammatiker und Historiker, den
der Scholiast zur Odyssee anführt. Er sagt auch, daß Echetos
von Epiros Fürst der Sikuler war, so daß er diesen Namen
auch in diesen Gegenden anerkennt; aus seiner Erläuterung
sehen wir, daß der Dichter der Odyssee, wo er von Sikulern
spricht, nicht die Bewohner Siciliens, eines ihm dunkeln Landes,
meint, sondern die von Süditalien oder die Pelasger von
Epiros. Die Sikuler sind dieselben, die Cato Aboriginer nennt.
(Vorträge über Röm. Geschichte. S. 101. 102.)

So war denn, nach Niebuhr, ursprünglich ganz Italien
von der Südspitze bis an den Po von pelasgischen Völkern

bewohnt, ohne daß dabei die Sagen von seiner successiven Einwanderung im Geringsten berücksichtigt werden, wie denn auch selbst die Auswanderung der Sikuler über die Meerenge bezweifelt wird. Zu diesen Pelasgern kommen nordische Einwanderer, über deren Nationalität und gegenseitiges Stammverhältniß nur negative Bestimmungen zu lesen sind, Opiker, Sabiner, Etrusker, und wahrscheinlich auch die Umbrer, als Stammverwandte der Opiker. Da nun diese vier Völker einen ganz verschiedenen Entwicklungsgang nehmen, so bleibt dieß Problem durchaus unerklärt, wenn nicht etwa einer aus klimatischen Verhältnissen und den verschiedenen Mischungsverhältnissen mit den Ureinwohnern und aus der Getrenntheit der Zeit, in welche die Einwanderungen fielen, das Räthsel lösen zu können glaubt. Also die Opiker, welche als ursprüngliche Bewohner allgemein anerkannt werden, deren Einwanderung aus der Fremde nicht ein einziges Zeugniß auch nur anzudeuten gewagt hat, welche als die eigentliche Grundlage italischer Nationalität zu betrachten sind, aus deren Schooße die lateinische Sprache hervorgewachsen zu sein scheint, diese müssen jetzt als nordische Fremdlinge erscheinen, zu Sabinern, Umbrern, Etruskern, man weiß nicht, in welchem Verwandtschaftsverhältniß stehend. Die Sikuler, welche von den Ligurern gar nicht getrennt werden können, und ihre ursprüngliche Heimath im westlichen Gallien und dem angrenzenden Iberien haben, müssen aus Epiros hergeholt und mit den übrigen Pelasger-Schwärmen identificirt werden. Der ganze etrusische Staat mit seiner Eigenthümlichkeit bleibt unerklärt. Um einige naheliegende Fragen im Lichte moderner Auffassung zu erklären, werden mit Beseitigung aller alten Zeugnisse eine Menge kühner und gewagter Behauptungen ausgesprochen, deren Rectificierung die Aufgabe der nächsten Zukunft werden muß.

Zur Berichtigung.

Vorstehende Abhandlung S. 1—44 wurde (ohne die Noten) in der Philologen-Versammlung zu Göttingen vorgelesen, um die Aufmerksamkeit der anwesenden Gelehrten auf einen Gegenstand zu richten, dessen Bedeutung nach dem eben Gesagten wohl keines Beweises bedarf. Es wurde dabei, um die Untersuchung auf die natürliche Basis zurückzuführen, auf die Nachrichten der Alten zurückgegangen, um namentlich daraus das offenbare Wechselverhältniß von Italien zu Griechenland als ein ursprüngliches und durch die Natur der Sache gegebenes zu bezeichnen. Daß dabei die Mythen nicht nur erwähnt, sondern auch gewürdigt werden mußten, versteht sich von selbst. Der Verfasser beschränkte sich auf das Erstere, weil er seine Ansicht des Gegenstandes theils in seinem Vortrage zu Berlin, theils in der Abhandlung über die römischen Könige, theils an verschiedenen Stellen der Römischen Geschichte ausgesprochen hatte und daher der Mühe überhoben zu sein glaubte, früher Gesagtes zu wiederholen.

Auf die Anfrage des löblichen Präsidiums, ob Jemand über den gehaltenen Vortrag Etwas zu bemerken habe, trat Hr. Prof. Dr. Petersen aus Hamburg auf, und weil der Verfasser den mythisch-chronologischen Angaben wenigstens eine relative Gültigkeitigkeit eingeräumt zu haben schien, erhob er sich namentlich dagegen, stützte sich hinsichtlich der Unsicherheit der ältesten Chronologie auf die Autorität Niebuhrs, und meint, die Geschichtsforschung müsse vorzüglich die Zeitbestimmung für Thatsachen zu finden trachten, welche in Beziehung

zu beiden Ländern stehen, und eine solche Epoche machende
Thatsache sei die Verpflanzung des griechischen Zwölfgöttersystems nach Italien, zunächst nach Rom. Daß es nun erstens ein solches gegeben habe, glaubt er, im Gegensatz
zu Preller und Gerhard, aus dem vorgesetzten Artikel in
(οἱ δώδεκα θεοί) annehmen zu können. Dasselbe glaubt er im
neunten Jahrhundert entstanden und gewiß nicht nach dem
achten abgeschlossen; denn 1) kommt die Hestia bei Homer nicht
vor, 2) nicht bei dem Verfasser der Werke und Tage, (die
Theogenie, v. 454; wo sie erwähnt wird, kommt nicht in Be-
tracht, denn dieser Vers muß eben wegen der Hestia jünger
sein, wenn er schon bisher allgemein als alt anerkannt wurde)!!?
Auf jeden Fall setzt er die Vergötterung nach den Niederlassungen an der Küste Kleinasiens, wo durch Annahme asiatischer
Sitten manche Veränderungen im häuslichen Leben vor sich
gingen, namentlich als die Lebensweise sich dahin änderte, daß
die Herrn nicht selbst mehr die Speise bereiteten, sondern dieses
den Sclaven überließen, der Heerd aber Heiligthum, weil er
Opferstätte war, bleiben mußte ꝛc. Dasselbe Zwölfgöttersystem
finde sich nun in Rom und Etrurien, so bei einem Lectister-
nium 217 a. Chr. Liv. XXII. 10. nach den sibyllinischen Büchern.
Da er aber die Identität der Dii Consentes mit dem Zwölfgöttersystem gegen Ottfried Müller glaubt behaupten zu können,
diese aber die Römer von den Etruskern entlehnt haben, so
meint er, hatten die Römer dasselbe auf diesem Wege noch
viel früher erhalten, als es durch die sibyllinischen Bücher
hätte geschehen können. Dieß angenommen, so folgt daraus,
daß die etruskische Religion, in der Gestalt, wie sie den Römern
bekannt wurde, jünger als das griechische Zwölfgöttersystem
sei und erst im achten oder neunten Jahrhundert aus heimi-
schen und griechischen Elementen zusammengesetzt sein könne.
Als fernerer Beweis wurde noch angeführt, daß unzweifelhaft Apollo, ein ursprünglich griechischer Gott, von den
Etruskern wie von den Römern mit seinem griechischen

Namen aufgenommen sei; ebenso sei anerkannt, daß er in den heiligen Schriften des Numa nicht vorkam, also sei Rom weder von Troern noch Achäern gegründet, noch überhaupt von einem hellenischen Volke; den Pelasgern werde über die Verehrung des Apollo in offenbar erdichteten Orakelsprüchen beigelegt. Dann der Schlußsatz: „Wahrlich einen schlagendern Beweis von Fälschung und grundloser Fiction kann man nicht verlangen." Das ist nun die Beweisführung, welche von einem Correspondenten „quellenfrisch" genannt wird, wahrscheinlich, weil sie eben nicht aus Quellen, sondern aus Combinationen geschöpft ist, die wir jetzt näher betrachten wollen.

Also der Mittelpunkt der ganzen Untersuchung ist: die Römer haben das Zwölfgöttersystem von den Griechen durch das Medium der Etrusker im siebenten Jahrhundert erhalten. (Denn Numa habe den Apollo nicht in seinen heiligen Schriften erwähnt.) Also konnte Rom weder von Troern noch von Griechen gegründet sein. Dagegen wollen wir einfach bemerken, die Griechen und Troer des 12. Jahrhunderts, wenn sie Rom wirklich gründeten (wovon nachher), konnten natürlich das Zwölfgöttersystem nicht einführen, weil sie es, nach dem verehrten Verfasser, selbst noch nicht hatten. Und wie kömmt der Verfasser, als ein ächter Jünger Niebuhrs, dazu, an die heiligen Schriften Numas zu glauben? Diese sind längst mit dem aufgegrabenen Sarge Numas über Bord geworfen. Gesetzt aber, das Zwölfgöttersystem wäre bei den Griechen frühern Ursprungs, denn der Beweis für das spätere Entstehen ist denn doch gar zu ergötzlich, (ein Vers, der bisher für ächt galt, muß, weil er den Namen der Vesta enthält, für jünger erklärt werden, und die Heiligsprechung dieser Göttin muß mit der Bereitung der Speisen durch die Sclaven in Verbindung stehen; gewiß ein Beweis von schlagender Evidenz!) — also eine frühere Ausbildung des Zwölfgöttersystems angenommen, muß dieses durch eine Colonie schiffbrüchiger Achaier oder durch die Gefährten des Aeneas sogleich in all'

feiner Consequenz eingeführt werden, und zwar jeder Gott mit
seinem griechischen Namen? besonders wenn eine einheimische
Gottheit im Wesentlichen die Eigenschaften der eingeführten
besaß; wie Dianus (Janus) Diana gegenüber dem Apollo
und der Artemis? Und in welchem Verhältniß denkt sich der
Verfasser überhaupt die griechischen Namen der griechischen
Götter zum Cultus in Latium? Wann meint er wohl, daß die
Namen Here, Hephästos, Dionysos, Artemis, Pallas in den
Urkunden priesterlicher Behörden üblich geworden sind? Also
mit dem griechischen Namen Apollo wird gar nichts bewiesen.
Aber die ganze Frage ist für die frühern Völkerzüge ganz un-
fruchtbar, denn die Einwirkung der fremden Ankömmlinge
kann nicht nach modernen Begriffen gemessen werden. Die
Hellenen wie die Troer kommen auf jeden Fall zu Stammverwandten, also nicht etwa wie eine christliche Mission zu
heidnischen Kannibalen. Selbst die Ureinwohner, als welche
wir Ausoner und Umbrer betrachten, (nach Niebuhr dagegen
lauter Pelasger) sind dem hellenischen Stamme oder den Ein-
wandern nicht absolut fremd. Bei solchen, mehr oder weniger
gleichgearteten Völkern findet eine eigentliche Mischung und
Verschmelzung, nicht ein absolutes Aufgeben des einen Elements
Statt, wie sich dieß gerade in der lateinischen Götterlehre
gegenüber der griechischen zeigt, ja in der ganzen römischen
Sprache, Litteratur und Kunst. Sonst hätten wir eben keine
selbständige, italische Volksthümlichkeit, keine oskische Sprache
und keine lateinische. Es scheint, der Herr Verfasser hat vergessen, daß selbst Niebuhr eine italische Wissenschaft, unab-
hängig von der griechischen, annahm. Und in welchem Verhältniß mag er sich wohl die etruskische Bildung und Wissenschaft zu der griechischen denken, wenn er doch eingestehen muß,
daß neben dem griechischen Zwölfgöttersystem noch eine Menge
anderer göttlicher Wesen in Etrurien verehrt wurden? Wir
sind daher auf den Beweis über die Idendität der Dii Consentes und der zwölf olympischen Götter begierig, ohne,

selbst wenn er geführt werden sollte, die geringste Beweiskraft
für die frühesten Zeiten einräumen zu können, denn daß später
alles Mögliche, Griechisches, Aegyptisches, Römisches, Etrus=
kisches zu amalgamieren die Neigung war, ist Niemand un=
bekannt. — Doch wir kehren zur Berichterstattung zurück.

Nach Herrn Professor Petersen richtete der Geheimrath
Prof. Böckh einige Fragen, hinsichtlich meines Vortrages,
an mich, die mehr den Zweck zu haben schienen, sich zu orien=
tieren als der Wiederlegung; wie ich dieß auch nach dem bei=
fälligen Urtheil desselben Gelehrten über frühere Arbeiten, so
wie nach der ganzen Anschauungsweise desselben nicht anders
erwarten konnte. Daher unser Zwiegespräch mehr den Charakter
gegenseitiger Verständigung, als disputatorischer Schärfe trug.
Aber dieses lag nicht in dem Sinne einiger Zuhörer der jünge=
ren Generation, welche Niebuhr zu den ihrigen zählen, weil
er, wenn auch in praktischer Hinsicht höchst conservativ, doch
in der römischen Geschichte eine radicale Heilung versucht hat;
und nachdem sie das Wort reaktionär vernommen hatten,
nun das vollste Recht zu haben glaubten, sich mißbilligend zu
äußern. Wenn nun wissenschaftliche Behauptungen nicht auf
der Stelle und aus dem Stegreif sich widerlegen lassen, so
kann man doch durch schiefe Darstellung sein Mißbelieben aus=
drücken. Und so geschah es. Wo wissenschaftliche Untersuchun=
gen mit Attributen bezeichnet werden, welche wir unter den
banalen Phrasen moderner Journalistik zu lesen gewohnt sind,
darf man sich nicht wundern, daß gewöhnliche Zeitungs=
correspondenten ihren Berichten die Farbe geben, welche, wenn
auch nicht der Wahrheit, doch den Zwecken der Partheileiden=
schaft förderlich erscheint. — —